Uitglijder

Loes den Hollander

Uitglijder

Karakter Uitgevers B.V.

© Loes den Hollander
© 2011 Karakter Uitgevers B.V., Uithoorn
Opmaak binnenwerk: ZetSpiegel, Best
Omslagontwerp en artwork: Mark Hesseling, Wageningen

ISBN 978 90 6112 686 7
NUR 305

Derde druk, juli 2011

Zondag 27 maart

Zijn maag maakt onbehoorlijke geluiden. Hij moet wat eten, maar zijn keel zit dicht. Op de televisie is de STER-reclame begonnen, nog een paar minuten en dan volgt het achtuurjournaal. Hij zit op de bank en beweegt zijn hoofd een paar keer van links naar rechts om de pijnlijke stijfheid te verdrijven.

De beelden van het journaal dringen nauwelijks tot hem door. Natuurlijk liggen er weer ergens doden op straat, uiteraard is er weer iets vunzigs aan de hand met een regeringsleider. Waar het zich allemaal afspeelt en om wie het gaat, interesseert hem niet. Hij probeert het lamme gevoel in zijn lijf kwijt te raken en iets te verzinnen wat hem oppept. Hij wil de woede terug die zo lekker aanvoelde. De woede om de kuren van zijn vrouw, om de diefstal die zij pleegde, om het kat-en-muisspel waar ze opeens zo'n zin in had. Maar alles is verdwenen. Er is alleen een verlammende leegte die zich halsstarrig overeind houdt in zijn hele lichaam. Die zelfs zijn geest in beslag heeft genomen.

En zijn ziel.

Zijn ogen ontdekken de grote blauwe letters. Politiebericht. Zijn hand zet het geluid harder.

'De politie vraagt uw aandacht voor het volgende. De beelden die getoond gaan worden kunnen schokkend zijn.'

Hij luistert en kijkt. Het gaat om een onbekende vrouw die gisteravond dood is aangetroffen. Hij gaat snel rechtop zitten en tuurt naar het beeld.

Een gezicht.
Een gezicht waar de dood op zegeviert.
Hij probeert te beseffen dat hij weet wie dit is.

Gustaaf Jelle

I

Donderdag 17 maart

Het gaat eindelijk gebeuren.

Hij heeft zijn eerste literaire thriller in een moordend tempo geschreven. Toen hij halverwege was, stuurde hij een mailbericht naar Anthos, De Arbeiderspers, Karakter, De Vliegende Hollander en A.W. Bruna en bood een aantal hoofdstukken ter beoordeling aan. Maar niemand had belangstelling. Als ik maar blond was, eind dertig, er lekker uitzag en tieten had, dacht hij.

Het was natuurlijk niet handig dat hij zijn eigen naam gebruikte en hij vroeg zich af of een anagram de oplossing zou zijn. Maar wat valt er te maken van Gustaaf Jelle de Volte? Het moest in ieder geval de naam van een vrouw worden. Een literaire thriller heeft alleen kans van slagen als ze denken dat het boek door een vrouw geschreven is. Gruwelijk, maar het is niet anders.

Het beste plan, het plan dat alle uitgevers zou misleiden, kwam in hem op toen hij ontdekte dat Annabel Schot problemen had. Zijn recensie over haar laatste boek, dat tenenkrommende jankverhaal over een vrouwelijke inspecteur die in elk jong slachtoffer haar overleden kindje herkende, viel nogal verkeerd. Annabel twitterde zich suf en produceerde tweets die al even snotterig waren als haar literaire gedrochten. Ze maakte zelfs een apart topic aan op een boekensite en liet zich daar door collega's troosten.

Maar tussen het gekakel door ontdekte hij iets opmerkelijks. Die Schot zat in een dip. Alles wees erop dat ze zich van ellende geen raad wist. De wanhoop droop van haar reacties af. Allemachtig, wat was dat mens in de bonen. Dat kwam niet alleen door zijn recensie. Hij kickte op zijn eigen scherpe blik en toen zijn vrouw ook nog eens begon te oreren over de hopeloze positie waarin haar favoriete auteur was terechtgekomen en hem bijna kwijlend van wanhoop het journalistieke gedrocht over Annabel in een *Story* onder zijn neus schoof, sloeg zijn fantasie op hol.

Er moest een andere koers gekozen worden. Een totaal andere koers, de aanval moest wijken voor de deemoed. Hij kon veinzen dat hij iets met haar had goed te maken.

Hij ritselde haar telefoonnummer en belde haar om zijn plan voor te leggen. Het was de eerste keer dat hij haar persoonlijk sprak en het viel hem direct op dat haar stem op die van zijn vrouw leek. Maar voordat hij daar iets over kon zeggen, verbrak ze de verbinding. Hij belde opnieuw. Ze blafte bijna van irritatie en dreigde aangifte te doen van stalking als hij nog één keer de gore moed had om te bellen. Er zat maar één ding op: contact. Direct contact, face to face, haar overvallen op een plaats waar ze geen kant op kon. Waar zou hij haar kunnen tegenkomen? Hij hoefde niet lang na te denken. De jaarvergadering van het Genootschap voor Nederlandse Misdaadauteurs! De club die niet alleen toegankelijk is voor auteurs, maar ook voor recensenten. Daar komen die schrijvers allemaal op af. Lekker interessant doen en de diva uithangen. Kijk mij eens succesvol zijn. Ik kan zonder problemen van de royalty's leven. Ach, heb jij er nog steeds een baan naast?

Ze ontliep hem en deed of ze hem niet opmerkte, maar hij zag haar loeren. Haar begroetingen van andere auteurs waren al even nep als haar boeken. Gekus in de lucht, ze raakte niemand aan.

Er werd over haar gefluisterd. 'Helemaal op slot gedraaid, leeg geschreven. Grote problemen met inspiratie. En met haar relatie. Haar man schijnt er genoeg van te krijgen dat ze ook met vrouwen vrijt en haar uitgever begint aan te dringen op een nieuw boek.' Bingo! Huwelijksellende en een writer's block. Hij vroeg zich af met welk type vrouw ze het deed, maar verwierp de fantasie die tevoorschijn kwam onmiddellijk. Er moest gewerkt worden.

Ze stond bij het buffet en schepte ruim op van de warme kant. Hij dook op haar af. 'Gewoon voor je uit blijven kijken,' adviseerde hij. 'Niet reageren. Ik heb een voorstel. Jij moet iets nieuws produceren maar het lukt niet zo best. Mond dicht, laat me in ieder geval uitspreken.' Er drong zich een man tussen hen in, die hij vakkundig opzij beukte. 'Achter aansluiten, vriend. Het is niet beleefd om voor te kruipen.'

De man sputterde tegen. 'Ik wil Annabel alleen maar een vraag stellen over haar andere talent.'

'Achter aansluiten.'

De man droop af.

'Ik heb een manuscript,' fluisterde Gustaaf Jelle. 'Helemaal jouw stijl. Een gefrustreerde recensent. Nooddruft, overspel en geile gekte. Een ontvoering waar ieder spoor doodloopt en een bloedstollende finale. Daar wil jij vast je naam op zetten. En ik wil daar megarecensies over schrijven, voor de helft van de royalty's. Sans rancune.'

Ze liep weg. Maar hij voelde de hele avond haar blikken op zich gericht. Hij keek naar iedereen, behalve naar haar. Drie dagen later belde ze. 'Ik wil het wel lezen,' zei ze.

2

Zijn zolderkamer is met de gure oostenwind die er waait en die pal op het raam van de dakkapel staat, onmogelijk warm te krijgen. Waar blijft de lente toch? Het dak is niet goed geïsoleerd. Hij had niet zo stoer moeten doen en het aanbod van Ellis moeten accepteren om dat dak eens opnieuw te laten isoleren. Ze heeft daarna niet meer aangedrongen. Zij hoeft niet in de kou te zitten, ze komt hier nooit. Het is zijn domein.

Zijn jongenskamer.

Hij grijnst naar de schuine dakwand, die in zijn geheel is behangen met recensies die hij zelf geschreven heeft. Mooi werk. Vileine teksten, waar de dames en heren auteurs van in de gordijnen vliegen. De dames vooral. De recensies waarin hij zich het meest heeft laten gaan, hebben een rode stip in de rechterbovenhoek.

Hij grinnikt vet.

Het uitgeprinte document is anderhalve centimeter dik. Hij heeft het zorgvuldig gemeten. Ruim tweehonderdvijftig pagina's dubbelzijdig geprinte spanning, geweld en seks. In totaal 75.155 woorden. Een literair hoogstandje. Hij bladert door de tekst. Het is goed. Het is gruwelijk goed. Het is perfect.

Hij leest een paar passages hardop aan zichzelf voor. Hierdoor zullen de dames bestsellerauteurs van hun stoel glijden. Dit gaat zeker een nominatie voor de Gouden Strop opleveren. Hij krijgt het warm van zijn eigen gedachten.

Het is kwart voor acht. Ze komt om acht uur. Hij heeft haar dringend verzocht om de bovenste belknop te gebruiken, omdat die rechtstreeks met de zolderetage in verbinding staat. Ellis moet niets in de gaten krijgen en voor alle zekerheid heeft hij haar geld gegeven om nieuwe laarzen te kopen. Ze informeerde nieuwsgierig waar ze zijn gulheid aan te danken had en of er vanavond soms iets tegenover moest staan. Het is hem gelukt zijn walging bij die gedachte om te zetten in een grappige opmerking. Ze lachte schel. Veel te schel. Een kwartier geleden hoorde hij de voordeur dichtslaan. Ze riep nog iets en hij heeft 'Oké' geroepen, maar hij heeft geen idee met welk dom voorstel van haar hij nu weer heeft ingestemd. De winkels zijn tot negen uur open. Maar tegen die tijd is Annabel wel vertrokken.

Vijf voor acht. Ze is vast zo'n type dat een kwartier te laat komt. Die heeft natuurlijk uren voor de kast gestaan om te kijken wat ze zal aantrekken. Alsof hem het ook maar iets interesseert wat ze draagt. Hij heeft zelf zijn oudste spijkerbroek aan en een dikke coltrui. Ze moet niet denken dat hij zich voor haar opdoft. Hij laat zijn buik lekker in de trui hangen. *Why not?* Zij heeft hem meer nodig dan hij haar. Daar zal hij duidelijk over zijn. Voor haar tien anderen. Die lui raken stuk voor stuk na een paar boeken uitgeput. En dan begint de ellende. De herhalingen van eerder gedane zetten. De aftakelende en bijna beschamende plots. Pagina's vol overbodige prietpraat.

Acht uur. De bel gaat. Hij loopt rustig naar beneden.

Het tocht in de gang. De wind staat pal op de voordeur. Hij rilt.

Met een groots gebaar gooit hij de deur open. De brede grijns op zijn gezicht verkrampt als hij de twee mannen ziet staan.

'Politie,' zegt de grootste. 'Wij kregen een melding van een echtelijke ruzie die uit de hand zou lopen. Zijn er problemen, meneer?'

'Ze is laarzen gaan kopen. Ik verwacht haar na negen uur terug. Het is koopavond.' Gustaaf Jelle hoort hoe stupide zijn woorden klinken. Verdedigend, terwijl er niets te verdedigen valt.

'U blijft dus bij uw verklaring dat er niets aan de hand is en u drie kwartier geleden geen heftige ruzie had met uw vrouw met zoveel verbaal geweld dat de buren dachten dat er slachtoffers zouden vallen?'

Het lukt hem om achteloos te antwoorden dat iemand waarschijnlijk een geintje heeft willen uithalen.

'Wat je maar een geintje noemt,' zegt de agent die het meest aan het woord is. Hij loenst. Vroeger kon je niet eens bij de politie werken als je een bril droeg. De knaap loenst niet alleen, hij ziet er ook niet bepaald snugger uit. Zou hij echt een agent zijn?

Gustaaf Jelle gaat het niet vragen. Het zal hem aan zijn reet roesten of ze nu wel of niet echt zijn in hun apenpakken. Hij wil dat ze opkrassen en snel een beetje. Hij moet er niet aan denken dat Ellis plotseling opduikt, omdat ze weer eens iets vergeten is. Die zal dan precies willen weten wie er gebeld heeft en waarom. Hij wordt al onpasselijk bij alleen de gedachte aan de mogelijke conclusies die ze zal trekken. Domme conclusies. Ellis is dom, maar ook vermogend en daar profiteert hij van. Het is geen slecht mens, ze zou alleen iets snuggerder moeten zijn. Hoewel... als ze snugger was, zou ze merken dat er tussen hem en Minoes meer is dan collegiale vriendschap.

'We houden het maar op een misverstand,' zegt de loenserd. De mannen groeten. Gustaaf Jelle sluit de deur.

Annabel Schot lijkt zich bedacht te hebben. Misschien heeft ze zich door iemand laten omlullen. Het is dus een wijf zonder ruggengraat. Laat ze het lekker bekijken.

Hij heeft zin in een glas whisky. Op het moment dat hij aan whisky denkt, huivert hij. 'Wel bij de les blijven,' mompelt hij. Toch kan hij het niet laten om door het manuscript te bladeren. Waar staat het?

Op pagina 15.

Pagina 15 leest vlot. Gustaaf Jelle volgt de hoofdpersoon, die wordt geconfronteerd met de plotselinge afwezigheid van zijn vrouw. Hij raakt niet ernstig in paniek, wel enigszins verontrust. Hij giet whisky naar binnen, wordt dronken en valt in een diepe slaap.

Whisky is op dit moment een goed idee, hoewel hij van mening is dat hij zich niet ongerust voelt. Wel geïrriteerd en in de maling genomen. Hij leest de bewuste pagina nog een keer door en probeert de figuren die voor zijn ogen opdoemen te negeren. Dat lukt niet. Hij klapt het manuscript dicht.

Het is al halftien en Ellis is nog steeds niet terug. De whisky heeft niet het beoogde effect, hij wordt juist onrustig door de alcohol. Hij wil hier weg, hij moet met iemand praten. Met Minoes.

3

Minoes is kribbig. 'Wat moet ik hiermee? O nee, je denkt dat ik iets te maken heb met dat idiote telefoontje...' Ze lacht hard. 'Denk je dat echt?'

Het is niet in hem opgekomen, maar nu ze het zegt klinkt de mogelijkheid hem opeens niet vreemd in de oren. Hij kent Minoes. Ze heeft niet alleen een katten-naam, ze kan zich ook gedragen als een kat. Uithalen op onverwachte momenten en rake klappen uitdelen, krolse streken vertonen, blazen als iets haar niet zint. Ze raakt snel geïrriteerd als hij zijn hart lucht over de domme uit-spraken van Ellis. Maar waarom zou Minoes een valse aan-gifte doen? Hij kan zich beter niet zo door haar laten op-jutten. 'Nee, natuurlijk denk ik dat niet.'

'Vast niet.'

Hij probeert zo rustig mogelijk adem te halen. 'Maar intussen weet ik niet waarom mijn buren zoiets zouden doen en waarom Ellis nog niet thuis was toen ik wegging.'

'Zeg eens eerlijk, lekkertje, zou het jou niet heel goed uitkomen als Ellis voor altijd verdween? Of schiet jij daar financieel niets mee op?'

Dit is niet leuk meer. Hij wil weg. Minoes grijpt hem vast. 'Sorry, ik gedraag me als een draak. Je bent onge-rust. Logisch. Wat wil je gaan doen? Je buren vragen of ze gek geworden zijn?'

'Dat weet ik niet.'

'Ik zou in ieder geval even bij ze aanbellen.'

'Ze zien me aankomen.'

'Wat kun jij eraan doen dat een of andere grapjas probeerde je voor schut te zetten? Dan is het toch logisch dat je wil weten wie dat is geweest? Wacht eens even, zou de gek die gebeld heeft weten waar Ellis uithangt?'

Hij probeert te vermijden om aan zijn manuscript te denken, maar juist dat verhaal neemt zijn hele gedachtegang in beslag. Hij wil dat het zijn hoofd verlaat, hij wil met geen enkel woord, geen enkele zin geconfronteerd worden. Niet met het verloop, niet met de afloop.

Vooral niet met de afloop.

Het is te dwaas voor woorden. Wat hij heeft bedacht kan hier niets mee te maken hebben. Niemand heeft tot nu toe iets gelezen, bijna niemand weet iets van de inhoud. Alleen Minoes weet dat hij een thriller heeft geschreven, maar ze heeft beloofd er met niemand over te praten.

'Je bent bang,' stelt Minoes vast. 'Ga je me nog vertellen wat er precies aan de hand is?'

Gustaaf Jelle haalt zijn handen door zijn haar. 'Ik ben niet bang en er valt niets te vertellen. Ellis is gaan shoppen en niet direct thuisgekomen. Ze riep nog iets toen ze de deur uit ging, misschien dat ze bij iemand langs zou gaan. Ik geloof dat er iets aan de hand is bij haar nieuwe vriendin, die volgens mij Edith heet. Ze hangen de laatste tijd uren aan de telefoon.'

'Of ze heeft een vriend. Wat grijns je? Is dat zo'n vreemde gedachte?'

'Dat is een volslagen bezopen gedachte. Ik denk dat ik beter naar huis kan gaan, misschien is ze inmiddels terug.'

'Maar misschien ook niet. Je moet nu niet alleen zijn. Ik ga met je mee.'

Hij weet dat het geen enkele zin zal hebben om Minoes tegen te spreken.

Hij ziet het direct als ze zijn huis naderen. Ellis is nog niet terug. Hij speurt met zijn ogen de ramen van de buren rechts en links af. Geen bewegingen.

Hij aarzelt. 'Hoe verklaar ik jouw aanwezigheid als ze thuiskomt?' Minoes moet hier weg.

'Dat is toch niet zo moeilijk? Jij weet niet waar je het moet zoeken van ongerustheid en een ex-collega heeft aangeboden je te steunen. Daar heb je collega's voor, schat.' Ze gebaart dat hij de deur moet openen. 'Ik hoop dat je iets te eten hebt, ik val bijna flauw van de honger.'

Hij volgt haar.

Misschien had hij de fles wijn beter niet tevoorschijn kunnen halen. Misschien had hij ook beter geen brood uit de vriezer kunnen pakken en geen eieren moeten bakken. Maar dat heeft hij wel gedaan en nu is het zomaar gezellig geworden. De alcohol verdrijft zijn unheimische gevoel. Minoes heeft gelijk: vrouwen zijn ondoorgrondelijke wezens die het van het ene op het andere moment stevig op hun heupen kunnen krijgen. Als hij goed nadenkt weet hij dat Ellis al een tijdje signalen van verveling afgeeft. En van ontevredenheid. Zei ze een paar weken geleden niet opeens dat ze fantaseerde over een make-over? Toen dacht hij nog grimmig dat het een totale verbouwing zou moeten worden om een enigszins aanvaardbaar resultaat te krijgen.

Hij hikt.

'Ben je dronken, jochie?'

Zijn mobiel geeft het signaal af van een sms'je. Hij opent het bericht.

Zak door met Edith. Blijf hier slapen. Ellis

Ze is dus bij Edith. Daar zit ze de laatste tijd regelmatig. 'Ze is bij haar vriendin en blijft daar slapen.' Hij hikt opnieuw.

Hij is geil. Bloedgeil. In zijn eigen huis. Dat is lang geleden.

Minoes raakt hem aan. Haar vingers bereiken de rits van zijn broek. Ergens in zijn achterhoofd zijn signalen die te maken hebben met burgerlijke gedachten over normen en waarden. Balkenendegedachten.

Lazer op, denkt hij.

Minoes begint hem te pijpen.

4

Dit zijn van die taferelen die je overkomen als je je eerste *love story* beleeft. Een spoor van kledingstukken die in het rond gesmeten zijn en achteraf een woeste opwinding liggen te bewijzen.

Lege flessen ergens tussen de chaos.

Ze hebben drie flessen wijn soldaat gemaakt en hij heeft geen hoofdpijn. Ellis koopt altijd goede wijn.

Ellis!

Gustaaf Jelle zet de lege flessen in het daarvoor bestemde rek en gaat aan de keukentafel zitten. Hij luistert ingespannen en realiseert zich dat hij een geluid bij de voordeur verwacht. Maar de diepe stilte die zich toegang heeft verschaft tot het huis, blijkt zelfs het geluid van zijn eigen ademhaling te kunnen beheersen. De klok in de woonkamer slaat negen keer. Vandaag is er geen nagalm te horen, de nadrukkelijke stilte overstemt alles wat op geluid lijkt. Hij grijpt de blocnote die op de keukentafel ligt en zoekt de balpen die erbij hoort. Geen pen. Hij onderdrukt een vloek. Er ligt een rode pen in een van de keukenladen. Hij begint te schrijven.

E is gisteren 's avonds gaan winkelen en nog steeds niet thuisgekomen.

Hij leest wat hij geschreven heeft. En nog eens. De zin komt hem bekend voor.

Boven is gestommel. Het geluid komt zijn richting uit. 'Ik kan maar beter maken dat ik wegkom,' zegt Minoes. 'Ze zal toch niet de hele dag bij die vriendin blijven?'

Hij haalt diep adem en voelt zich opgelucht. Hoe is het mogelijk dat hij totaal vergeten is dat Ellis een sms'je heeft gestuurd? De rode letters op het papier dat voor hem ligt lijken hem uit te lachen. Hij sust zijn onrust en probeert zichzelf wijs te maken dat het van de drank komt. De wijn is verkeerd gevallen en heeft zijn geheugen een oplazer gegeven. Toch blijven de letters hem lastigvallen. Hij hoeft de tekst niet voor zijn neus te hebben om te weten dat dit de eerste zin is van hoofdstuk 6.

In zijn boek gaat de vrouwelijke hoofdpersoon winkelen op de koopavond en komt niet thuis. De schrijver slaat niet direct alarm, omdat zijn vrouw dit wel vaker doet. Ze wordt beschreven als een nogal ongeleid projectiel, dat voor verrassingen kan zorgen. Dat karakter heeft hij bewust zo gevormd, om de overeenkomst met zijn eigen vrouw te vermijden.

De schrijver in het boek gaat dus rustig zijn gang, maar in zijn achterhoofd zit een ongerust gevoel. Daar weet hij geen raad mee en daar piekert hij over.

Gustaaf Jelle weet nog goed dat hij in dit deel veel geschrapt en herschreven heeft. Hij kon zich niet goed identificeren met de onrust van zijn hoofdpersoon, hij wist niet welke angst er zat en waar die vandaan kon komen. Het was een zoektocht naar de emotie van deze man en het lukte hem pas daar de juiste woorden voor te vinden toen hij fantaseerde dat Minoes opeens van de aardbodem verdwenen leek te zijn. Die gedachte veroorzaakte schrik en onbehaaglijke ongerustheid.

Is hij nu ongerust? Wat voelt hij eigenlijk? De vraag is hinderlijk, hij ergert zich eraan. Hij ergert zich ook aan de aanwezigheid van Minoes en dat is een lastig gevoel. Tot nu toe heeft hij ergernis aan Ellis gekoppeld, dat is bekend en vertrouwd. Het hoort bij haar, bij hen.

Waar is ze mee bezig? Wie is die Edith? Misschien is die vraag wel de grootste ergernis van dit moment.

Ellis

I

Donderdag 17 maart

Het is eindelijk gebeurd.

Ze heeft de stap genomen en het lukt haar wat rustiger te worden. Vanaf het moment dat ze vanmorgen wakker werd, knalde haar hart bijna uit haar borstkas. Toen Gustaaf Jelle naar zijn werk was, heeft ze alles nog eens zorgvuldig doorgenomen. Er mag niets fout gaan. Er mag nergens een aanwijzing te vinden zijn die tot een conclusie kan leiden. Nog niet.

Op haar tocht door het huis heeft ze een paar minuten in het manuscript staan lezen. Het is nu helemaal uitgeprint en het ligt in de bureaula die afgesloten kan worden. De sleutel van die la hangt links in het midden onder de recensievloed op de schuine dakwand van de kamer. Soms kan ze zich niet voorstellen dat Gustaaf Jelle niet in de gaten heeft dat zij die plek kent. Soms denkt ze dat hij wil dat ze meeleest. Maar het maakt nu niet meer uit. Het besluit is genomen, de eerste stap is gezet. Ze gaat hem knippen en scheren, de man die haar bedriegt met een van zijn collega's, de man die haar behandelt alsof ze een derderangs wezen is, de man die geen gelegenheid onbenut laat om aan haar duidelijk te maken dat alle liefde voor haar bij hem is gedoofd. Hij zal erachter komen dat zijn gedrag consequenties heeft. Hij zal pagina 15 van zijn boek nog wel eens doorlezen. En meer pagina's, zolang er tenminste nog iets te lezen valt.

Waarschijnlijk is de politie nu al bij hem aan de deur geweest en zijn er vragen gesteld over een echtelijke ruzie die uit de hand is gelopen. Felix vertelde breed lachend wat Annabel allemaal heeft verzonnen om Gustaaf Jelle verdacht te maken, toen ze de politie belde. Ze deed de stem van een oude vrouw perfect na.

Dit gebeurt allemaal echt, dit is een avontuur dat Ellis als het ware in de schoot geworpen wordt. Ze speelt een belangrijke rol in een dramatisch spel dat Felix heeft bedacht. Hij was op een kinderlijke manier trots toen hij verslag deed van het telefoontje van Annabel naar de politie en daardoor kreeg Ellis de slappe lach. Felix raakte toen de draad in zijn eigen verhaal kwijt en gebaarde met een geïrriteerde blik in zijn ogen dat ze zich moest beheersen.

Die blik kwam hard aan. Ze voelt hem nog steeds op haar borstkas drukken. De blik was niet alleen onaangenaam, er zat ook een waarschuwing in.

Ze wil niet meer aan de onaangename confrontatie denken en zich richten op wat er nu verder gaat gebeuren. Hoe zal Gustaaf Jelle gereageerd hebben? Ze kan zich voorstellen dat hij met een norse trek op zijn gezicht de deur heeft geopend en dat hij zijn ogen tot spleetjes heeft getrokken toen hij de politie zag. Ze hoopt dat hij daarna niet naar de buren is gegaan, maar die gedachte verwerpt ze onmiddellijk. Gustaaf Jelle reageert nooit primair, hij is niet van snel uitpraten en oplossen. Gustaaf Jelle is van broeien en opkroppen.

Het huis waar ze voorlopig zal wonen is ruim en compleet. Het is een twee-onder-een-kapwoning en ze wil zich erin thuis voelen. Het is hier stil, omdat het huis van de buren momenteel te koop staat. Dat komt eigenlijk wel goed uit, nu hoeft ze niet bang te zijn dat iemand haar hoort. Voorlopig is dit haar vesting en ze wil nog niet denken aan wat er later kan gebeuren.

Maar ze droomt er wel van. In haar dromen leiden haar gedachten een eigen leven en durft ze zich over te geven aan haar fantasieën over Felix. Met Felix.

Zou hij ook over haar dromen?

Het wordt tijd voor het eerste sms'je. **Zak door met Edith. Blijf hier slapen. Ellis**

Felix heeft erop aangedrongen dat ze het kort zou houden en het bij dit bericht zou laten. 'Niet reageren als hij vragen gaat stellen,' waarschuwde hij voordat hij vertrok. 'Ook niet als hij boos is of je uitdaagt.'

Gustaaf Jelle reageert niet. Hij vraagt zelfs niet waar Edith woont. Maar waarom zou hij ook iets vragen? Dat doet hij anders ook nooit.

Zou hij zich nu wel afvragen waarom Annabel niet verschenen is?

Ze wil slapen. Felix komt morgenochtend om een uur of tien. Ze controleert of de voordeur van het huis goed op slot zit en kruipt in bed. Ergens buiten wordt gezongen door meerdere mensen tegelijk. Het geluid komt dichterbij en zwenkt af naar links. Iemand lacht uitbundig en wordt tot stilte gemaand.

Ellis wordt wakker en constateert verbaasd dat ze al droomde. Ze heeft het koud en betrapt zichzelf op een gedachte die ze niet kan gebruiken. Op twijfel.

Heeft ze het goede besluit genomen?

Ze sluit haar ogen en denkt aan de eerste keer dat Felix haar kuste, aan zijn vingertoppen die haar gek kunnen maken, aan alles wat nog niet is gebeurd. 'Annabel wil alles,' zei hij een paar maanden geleden tegen haar. 'Ze wil mij, ze wil liefde buiten de deur, ze wil de knaller van de eeuw schrijven. Ik zit aan haar vast en moet me losweken. Het zou helpen als ze weer eens inspiratie kreeg voor een goed verhaal. Dan duikt ze namelijk onder en ben ik minder in beeld. Wanneer komt nu eens dat nieuwe lumineuze idee? Ik word beroerd van dat geaarzel en getwijfel.'

'Ik kan haar wel aan een goed manuscript helpen,' zei Ellis.

2

In de slaapkamer voelt de stilte aan als een loden last. Ellis kruipt dieper onder de dekens en denkt aan geluiden die er zouden kunnen zijn. Wind die de takken van de bomen in de achtertuin laat zwiepen. Krijsende katten die elkaar achternazitten. Het ruisen van de regen. Ze stopt haar vingers in haar oren om de angstaanjagende stilte buiten te sluiten.

Koude voeten, koude handen, koude neus. Ze rukt nog een deken uit een van de kasten en neemt zich voor om Felix morgen ergens sokken te laten kopen.

De extra deken helpt. De stilte is minder dwingend. Nu echt gaan slapen, maar dat lukt niet. Ze controleert haar mobiel. Misschien heeft Gustaaf Jelle toch geantwoord. Maar wat maakt het uit? Ze heeft afspraken gemaakt met Felix en daar zal ze zich aan houden. Het plan leek aanvankelijk erg vergezocht en omslachtig, maar Felix heeft haar ervan kunnen overtuigen dat dit de beste manier zou zijn. 'Jij vertoont je voorlopig niet in Haarlem en ik hou hem in de gaten,' zei hij. 'Stel je voor wat er gebeurt. Hij denkt dat Annabel hapt en gaat daarmee aan de slag. En al op de avond van hun afspraak begint zijn eigen boek hem achterna te zitten, als jij opeens niet thuiskomt. Dan blijk je bij een vriendin te zitten die hij niet persoonlijk kent. Geloof me, dat wekt onrust en achterdocht en dat is precies de opzet van het plan. Hij moet de eerste avond al een beetje gaan zweten. En daarna voeren we de spanning op.' Het klonk spannend. Het hele avontuur is spannend. En het is gerechtigheid. Gustaaf Jelle krijgt wat hij verdiend heeft.

Ergens is een storend geluid. Het wordt heviger. Ze probeert te ontdekken waar het vandaan komt. Staat er soms iemand op de voordeur te bonzen? Ze schiet overeind en luistert gespannen. Op hetzelfde moment realiseert ze zich dat ze weer heeft gedroomd. Het is drie uur in de nacht en het lukt niet om opnieuw in slaap te vallen. Ze trekt de dik gevoerde pantoffels aan en schiet in de lange badjas. Alles is nieuw. Alles is speciaal aangeschaft voor nu, voor voorlopig. Als Gustaaf Jelle op het idee komt om te controleren of ze kleding heeft meegenomen, zal hij ontdekken dat alles er nog is. Ze heeft veel gekocht, de afgelopen weken. Ze heeft echt met geld gesmeten en alles naar het huis gebracht waar ze nu zit. 'Huur het voor minstens twee maanden,' adviseerde Felix. 'Neem voldoende tijd om je te bevoorraden. Het moet erop lijken dat je van de aardbodem verdwenen bent.' Felix denkt helder en heeft overzicht. Volgens hem is dat hard nodig als je getrouwd bent met een chaoot als Annabel Schot. Ellis zou graag willen weten waarom hij niet eerder bij haar is weggegaan, maar ze stelt geen vragen in die richting. Ze voelt goed aan dat Annabel een kwetsbaar punt is bij Felix, een kwetsbaar punt dat ze zo veel mogelijk moet omzeilen.

De hete thee met honing is lekker. Ellis besmeert een cracker met roomboter en eet hem op. Ze merkt dat ze honger heeft. Ze zou even met Felix willen praten, maar hij heeft liever niet dat ze hem thuis belt. Annabel is tamelijk achterdochtig en kan verschrikkelijke scènes maken. Daar zou Ellis graag vragen over willen stellen. Ze zou bijvoorbeeld willen weten waarom Annabel jaloers is. Waarom ze Felix niet gewoon zijn gang laat gaan, omdat ze dat zelf tenslotte ook doet. 'Ze voost tegenwoordig met een vrouw waar de hele wereld al op heeft gelegen,' zei Felix een paar weken geleden nog. Hij was bitter en boos. 'Ik ben er nu echt klaar mee. Het wordt tijd voor actie.' Een paar dagen later belde hij op en vertelde dat Annabel tijdens een diner contact had gehad met Gustaaf Jelle en dat die haar in niet mis te verstane termen een manuscript had aangeboden. 'Nu wordt het dus de hoogste tijd dat we iets gaan doen,' riep hij. En hij gebood haar zo snel mogelijk een huis te zoeken. Op de site van Funda vond ze toen deze woning in Bloemendaal.

Soms wil ze zich verzetten tegen de verliefdheid die bezit van haar heeft genomen. Soms herkent ze de emoties die ook tevoorschijn kwamen toen ze Gustaaf Jelle pas kende. Soms raakt ze geïrriteerd door haar eigen gevoel. Toch laat ze het gebeuren. Terwijl ze nog een cracker neemt, dwalen haar gedachten af naar de tijd dat ze Gustaaf Jelle pas kende. Ze probeert haar gedachten een andere kant op te sturen, maar zijn gezicht duikt steeds voor haar op. Ze moest lachen om het gebaar dat hij steeds maakte als hij tegen haar sprak. Om dat puntje van zijn wijsvinger dat voortdurend zijn bril omhoog duwde. Dat vond ze komisch.

Hij niet.

Ze hadden niet hetzelfde gevoel voor humor.

'Het wordt nooit wat met ons,' zei Gustaaf Jelle. Toch nodigde hij haar uit om mee te gaan naar zijn flat. Toch vreeën ze. Toch werd ze zwanger.

Gustaaf Jelle

I

Vrijdag 18 maart

Hij vraagt zich af wat hij het beste kan doen. Toen Minoes vertrok heeft ze hem dringend aangeraden om in ieder geval bij de buren rechts en links verhaal te gaan halen. 'Laat je tanden zien,' zei ze met een vlammende blik in haar ogen. 'Maak ze eens en voor altijd duidelijk dat je niet gediend bent van zulke vuilspuiterij.' Ze stond al halverwege de voortuin en bleef maar doorpraten. Opeens draaide ze zich om en bekeek aandachtig de gevels. 'Links staat iemand te loeren,' kondigde ze aan. 'Nu duikt ze weg. Ik denk dat je buurvrouw van links de politie heeft gebeld. Zal ik het anders even gaan vragen?'

Hij heeft haar met zachte dwang de tuin uit geloodst. Toen hij de voordeur van zijn huis naderde, keek hij toch even naar links. Er was niemand te zien.

Alle sporen van de uitspatting met Minoes zijn gewist. Hij heeft de woonkamer, de keuken, de gang, de trap, de badkamer en de slaapkamer grondig geïnspecteerd, gestofzuigd en gesopt en het bed verschoond. Ook de handdoeken die ze gebruikt heeft, zitten al in de wasmachine. Hij wil niet het risico lopen dat Ellis iets ruikt en daarom heeft hij bij het schoonmaken van de badkamer veel chloor gebruikt.

Het voelt niet goed wat hij heeft gedaan. Hij had Minoes hier niet binnen mogen laten.

Een van zijn collega's zei het recht in zijn gezicht. 'Jij bent de nieuwste verovering van Minoes Groothuizen, is het niet? Ik zou maar oppassen, als ik jou was. Daar komt altijd ellende van.'

Hij lachte. 'Wat moet ik met dergelijke praatjes? Ben je soms jaloers?'

Het gezicht van zijn collega verstrakte. 'Echt niet. Ik ben al geweest en het heeft me bijna mijn huwelijk gekost. Die slang haalde het in haar hoofd mijn vrouw in te lichten nadat ik tegen haar had gezegd dat ik ermee stopte.'

Gustaaf Jelle haalde zijn schouders op.

'Nou ja, je moet het zelf weten, natuurlijk. Maar als ik je een goede raad mag geven: word vooral niet verliefd. Afstand kan je redden.'

Hij is niet verliefd en hij is ook niet van plan om serieus iets met Minoes op te bouwen. Het gaat hem puur om de seks en die moet hij voortaan buiten de deur houden.

Terwijl hij een dubbele espresso maakt, denkt hij opeens aan zijn manuscript. Hij gaat de zaak op een andere manier aanpakken. Als Gustaaf Jelle de Volte komt hij nooit aan de bak, dus het moet toch een pseudoniem worden. Geen gedoe met een anagram, hij kan beter een lekker klinkende en vooral een beetje zwoele naam met een licht hijgerige uitstraling bedenken. Hij moet voor de noodzaak van een pseudoniem wel een verklaring verzinnen waar hij zich geen buil aan kan vallen. De reden voor het pseudoniem moet de verbeelding en vooral de sympathie van vrouwen aanspreken. Hij gaat in ieder geval een nieuw Gmail-adres aanmaken, zodat hij zijn werk in eerste instantie onder het pseudoniem kan aanbieden. Het verhaal erachter verzint hij nog wel, maar nu even niet. Ellis zit hem te zeer dwars.

Op vrijdag gaat ze altijd kaas kopen bij de kaaswinkel in de Barteljorisstraat en daarna drinkt ze koffie bij La Place in V&D. Koffie met hartige taart. Iedere keer als ze uitweidt over deze traktatie wil hij zeggen dat het hem geen ene moer interesseert waar ze koffie drinkt en wat ze erbij neemt. Iedere keer moet hij zich beheersen en denkt hij verwoed aan iets anders. Aan Minoes. Als zijn vrouw zit te tetteren, duikt hij onder in geile fantasietjes.

Zou ze vandaag kaas gaan kopen en naar La Place gaan? Waarom zou ze dat niet doen? Misschien gaat Edith mee.

Waar woont die Edith eigenlijk? Hoe ziet ze eruit? Waar werkt ze?

Hij pijnigt zijn hersenen, maar kan zich niet herinneren dat Ellis meer over deze nieuwe vriendin heeft verteld dan haar naam en dat ze haar ontmoet heeft in de sportschool. Hij heeft ook geen enkele vraag gesteld.

Er hangt een onrustige stilte in huis. Hij kijkt om zich heen en vraagt zich af wat zijn ogen zoeken. Tussen het bovenste deel van het overgordijn aan de linkerkant van het raam en het schilderij dat ze samen in Barcelona hebben gekocht, ontdekt hij de aankondiging van spinrag. Hij grijpt een vliegenmepper en slaat de draad doormidden. Op hetzelfde moment hoort hij het signaal van een nieuw sms'je. Snel opent hij het programma en drukt op de groene toets. Het is weer een bericht van Ellis.

Blijf vandaag en ook vannacht bij Edith. Het gaat even niet goed met haar. Bel je later.

Hij drukt op de antwoordtoets.

Waar zit je precies? Heb je geen kleren nodig? Moet ik
iets brengen?

Hij verzendt het bericht en wacht. Er volgt geen antwoord.

Hij komt te laat op zijn werk.

2

Minoes klimt in hem zodra hij de kroeg binnenkomt. 'Leve Ellis,' roept ze. 'Leve de vriendin die zich niet lekker voelt.'

'Ik slaap bij jou,' kondigt Gustaaf Jelle aan.

Minoes is uitgelaten. 'Ik heb een aanbod gekregen van *De Telegraaf*. Vijf interviews met vrouwelijke homoseksuele stellen die kinderen hebben gekregen of geadopteerd. Het is voor de bijlage *Vrouw*. Er komen ook interviews met mannen, maar ik weet niet wie die gaat doen. Misschien iets voor jou?'

'Doe mij een lol, zeg. Ik ben blij dat ik mijn eigen werk kan bijbenen. Iedere week een interessante zaterdagbijlage produceren met drie man minder dan een jaar geleden is echt wel genoeg.'

'Freelancen is een stuk spannender. En dat zou jij je toch kunnen permitteren?'

'Ik heb geen zin om financieel afhankelijk te worden van mijn vrouw.'

Minoes kust het puntje van zijn neus. 'Ik hou van trotse mannen.' Ze trekt zijn gezicht dicht tegen dat van haar aan. 'Ken je die man die steeds naar je zit te kijken?'

Hij volgt haar blik en ziet drie kerels die aan de bar zitten en met elkaar praten. 'Welke kerel bedoel je?'

Ze kijkt verbaasd om zich heen. 'Net zat hij er nog.'

Vrijdagavond is het ritueel dat ze al zeven jaar in stand houden. Op deze avonden wordt er gescholden op chef-redacteuren, wisselen ze de laatste roddels uit, geven ze elkaar advies al dan niet gevraagd, dus vooral ongevraagd, horen ze de anderen uit over de meest intieme details van hun relaties en zweren ze bij het verlaten van de kroeg plechtig dat alles wat ze besproken hebben tussen hen blijft. Als ze elkaar hier zien, loopt het drankgebruik altijd uit de hand. Otis is meestal als eerste dronken en wordt dan op de voet gevolgd door Minoes en Arvid. 'We blijven overeind,' roept Arvid, zoals gewoonlijk na zijn zesde kopstoot. 'Niemand zuipt deze jongen onder de tafel.' Hij heeft gierend van de lach de recensie voorgelezen die Gustaaf Jelle over de laatste literaire thriller van Annabel Schot heeft geschreven.

'Het had wel wat minder gekund,' moppert Minoes. 'Speel toch eens wat minder op de man.'

'Nee maar, hoor ik het goed? Neem jij het nu op voor Annabel Schot?'

'Ik heb haar een tijdje geleden geïnterviewd en ik vond haar aardig.'

Gustaaf Jelle wil aan haar vragen waarom hij hier nog nooit iets over gehoord heeft, maar hij zegt niets. Niet hier, dat komt later wel.

Otis vertelt wat hij recentelijk te verteren kreeg. 'Het debuut van een huppelkutje uit Schin op Geul. Het nichtje van mijn baas dat zo nodig moet en dat nog nooit gehoord heeft dat schrijven schrappen is. Waarom moeten ze ons altijd hebben om die pulp te bespreken?'

Gustaaf Jelle heft zijn hand op. 'Jij hebt toch ook de laatste van Bernlef mogen doen?'

'Daar zeg je wat. Maar ik denk er nu toch serieus over

na om het voorbeeld van Minoesepoes te volgen. Vrijheid, man, vrijheid heb je nodig. Wat jij?' Hij slaat Arvid zo hard tegen zijn schouderblad dat hij van zijn kruk valt. Gustaaf Jelle constateert dat Otis vandaag gelukkig eens niet met een nieuwe politiemop komt. *'By the way,'* brult Otis, 'ik heb weer een nieuwe!' Hij negeert de frons op het voorhoofd van Gustaaf Jelle. 'Deze is echt goed. Luister! Een man heeft een nieuwe Mercedes gekocht en gaat op een mooie zomeravond even lekker een stuk rijden. Het dak gaat open, de wind glijdt door zijn haar en hij besluit eens te kijken hoe hard zijn wagen nou eigenlijk kan. Net als de kilometerteller een respectabele honderdtachtig kilometer per uur aangeeft, ziet hij in zijn spiegel twee blauwe zwaailichten. Ze kunnen met geen mogelijkheid een Mercedes bijhouden en hij trapt de bolide nog harder op haar staart. Pijlsnel vliegt hij over de weg: honderdnegentig, tweehonderd, tweehonderddertig zelfs, maar de politie zit nog steeds vlak achter hem. Waar ben ik in godsnaam mee bezig, denkt hij, en hij gaat naar de kant van de weg. De agent loopt naar hem toe, vraagt zijn rijbewijs en bekijkt het aandachtig. Dan zegt hij: "Ik heb een lange zware dag achter de rug en jij bent echt de laatste die ik aan de kant zet vandaag. Ik heb geen zin in nog meer papierwerk dus als je me een zééééér goed excuus kan geven voor dat gescheur over de weg, een verklaring die ik nog nooit eerder heb gehoord, dan laat ik je gaan!"'

Otis kijkt de kring even rond. Dan gaat hij verder. 'De man antwoordt: "Nou, het zit zo: afgelopen week is mijn vrouw ervandoor gegaan met een politieagent en ik was bang dat je haar terug wilde geven!"'

Arvid en Minoes gieren van de lach.

De man achter de bar maant hen wat rustiger te zijn.

Gustaaf Jelle wil weg. Hij betrapt zichzelf er voortdurend op dat hij omkijkt als hij de deur van het café hoort opengaan. Wie verwacht hij eigenlijk? Niet Ellis, die is hier nog nooit geweest. Ook al probeert hij het uit zijn hoofd te zetten, het dringt zich steeds aan hem op. 'Net zat hij er nog,' zei Minoes. Ze was ervan overtuigd dat een man naar hem zat te kijken. Toen hij bleef aandringen op een beschrijving van die vent, haalde ze haar schouders op. 'Gewoon,' zei ze. 'Een gewone man, niets bijzonders. Ik kan me nu al niet meer herinneren hoe hij eruitzag.'

Hij moet het uit zijn hoofd zetten. Hij moet net zo losgaan als de anderen en doen wat hij heeft aangekondigd: met Minoes meegaan naar de Rolandstraat en bij haar slapen. Er zal vannacht weinig terechtkomen van seks, maar ze worden ook weer wakker. Dan kan hij bovendien aan haar vragen waarom ze niets verteld heeft over dat interview met Annabel Schot. Als hij in de toiletruimte is, checkt hij snel zijn inboxberichten. Geen antwoord van Ellis. Hij leunt met zijn hoofd tegen de muur.

Ze zingen. Er is een vrouw met een accordeon binnengekomen die aan haar Hazes-repertoire begonnen is. Minoes staat midden in de kroeg en slaat de maat. Otis heeft zijn armen om Arvid geslagen, die tegen hem aan staat geleund. Zijn stem schiet uit. 'Ik was een beeeeeeetje verliefd!' Er loopt een traan over zijn wang. Zou hij weer van zijn vrouw af zijn? Al weer?

Klaterend applaus klinkt uit alle hoeken.

'Wat een prachtige avond,' snikt Minoes. Jankt die nu ook al?

Gustaaf Jelle grijpt zich vast aan de bar.

De barman wijst naar een lege kruk. 'Ga even zitten, man.'

'Je ziet eruit alsof je een spook gezien hebt,' hikt Arvid.

'Je bent toch niet aangerand?' roept Otis.

Minoes legt haar handen om zijn gezicht. 'Wil je naar huis?'

Hij maakt zich van haar los. 'Ik voel me niet lekker. Ik ga naar mijn eigen huis.'

De buitenlucht is fris en weldadig. Hij zuigt zijn longen vol en loopt snel weg. Niet naar huis, nog niet naar huis. Eerst rustig in zijn hoofd worden, eerst de paniek die op hem loert verdrijven. Het begon met de mededeling van Minoes dat er iemand naar hem zat te staren, daarna het gevoel dat hij steeds achter zich moest kijken en ten slotte de zin die zijn gedachten ging beheersen. De vraag die in hem opkwam door de tranen van Minoes. Jankt die nu ook al?

Hoofdstuk 9, de laatste zin.

3

De wandeling heeft hem behoorlijk ontnuchterd.

Hij bladert door het manuscript en zoekt vooral de passages die betrekking hebben op de verdwijning van de vrouw van de hoofdpersoon. Hij ziet haar lopen, de deur uit gaan, uit het zicht verdwijnen.

Ze lijkt verdomd veel op Ellis. Hij controleert de beschrijving van haar postuur, de haardracht, de uiterlijke kenmerken.

Alles is Ellis.

Hij loopt naar de kelder en laat zijn blik over de wijnvoorraad gaan. Een goede rode wijn zal voldoende mist in zijn hoofd veroorzaken om zijn gedachten te vervagen. Hij moet het verhaal naast zich neerleggen en elke vergelijking met de huidige situatie vermijden. De vrouwelijke hoofdpersoon in zijn boek is Ellis niet, ook al lijkt ze op haar. Toch een reden om sommige passages nog eens goed te lezen en het een en ander te herschrijven.

Het huis is kil en hij controleert de thermostaat. Achttien graden. Dat moet eerst maar eens veranderd worden. Hij hoort een klik en ziet het icoontje van een vlam tevoorschijn komen. Het volgende moment schiet hij overeind en luistert naar het geluid in de gang. Is Ellis terug? Hij loopt naar de deur.

Er is niemand.

Hij schenkt een groot wijnglas vol en neemt een paar slokken. Het is goede wijn. Ellis kocht ook al goede wijn toen ze nog weinig geld had. Hij kijkt om zich heen. Ze wonen zeer comfortabel. 'Ik heb een huis gezien op de Verspronckweg in Haarlem,' zei Ellis, een paar weken nadat de erfenis was afgehandeld. 'Daar wilde ik als kind al wonen. Het is van de kelder tot de zolder gerenoveerd, we hoeven er niets meer aan te doen.' Het was aardig van haar dat ze het over 'we' had, terwijl er geen cent van hem in het huis gestoken zou worden. Ze is altijd gul geweest op een vanzelfsprekende manier. Toen zijn oude auto niet meer door de keuring kwam, liet ze een gigantisch bedrag naar zijn rekening overschrijven. En toen hij vertelde dat twee collega's hun ogen hadden laten laseren en voorgoed verlost waren van het brilprobleem, maakte ze een afspraak voor hem in de kliniek waar die collega's waren geweest en kondigde aan dat dit zijn verjaardagscadeau was. Ze praten nooit over geld. Ze praten, als je het goed bekijkt, nergens over. Ze wonen samen in dit huis, gaan in de zomer samen op vakantie, ontvangen sporadisch mensen en leven verder hun eigen leven. Ze raken elkaar nog zelden aan. Ellis maakt wel toespelingen op seks, maar die negeert hij. Toen hij het nog niet met Minoes deed, kwam het er wel eens van. Sinds het tussen hem en haar regelmatig spettert, lukt het hem niet meer om ook maar het geringste gevoel van lust voor zijn eigen vrouw op te wekken.

Hij hoort het signaal van een sms'je en grijpt zijn mobiele telefoon. Zijn vingers trillen als hij het bericht opent. Gaat ze nu opnieuw melden dat ze nog een nacht bij die Edith blijft?

Het bericht komt van Minoes.

Alles kits? Moet ik komen?

Hij antwoordt direct.

Ik lig al in bed, voel me beroerd. Bel je morgen.

Buiten klapt een autodeur dicht. Hij rent naar het raam en ziet een taxi wegrijden. De buurvrouw van rechts loopt naar haar voordeur en ziet hem. Ze zwaait. Hij zwaait terug en overweegt achter haar aan te lopen en vragen te gaan stellen. Toch maar niet, met zoveel drank in zijn lijf. Hij drinkt zijn glas leeg en vult het opnieuw. De telefoon zwijgt. De kamer draait een beetje, hij moet naar bed. Het klopt, hij voelt zich beroerd. Hondsberoerd. Hij steekt zijn hand uit naar het manuscript en tuurt naar de titel. *Wie een kuil graaft.* Misschien is het toch te cliché.

Hij twijfelt aan het idee. Waarom zou hij het doen? Hoe gaat ze het opvatten? Hij stuurt haar nooit spontaan een bericht, ook niet als hij later thuiskomt. En Ellis stelt nooit een vraag.

'Waarom blijf je eigenlijk met haar getrouwd?' heeft Minoes een maand of twee geleden gevraagd. 'Is dat alleen om het geld?'

'Het is háár geld, we zijn op huwelijkse voorwaarden getrouwd,' antwoordde hij nors.

'Had ze al dat geld dan al toen jullie trouwden? Ben je wel haar erfgenaam?'

Hij ontweek een antwoord en zij ging er verder niet op door. Nu stelt hij zichzelf dezelfde vraag. Hij staat voor de spiegel in de gang en leunt met een hand tegen de muur. 'Waarom blijf ik eigenlijk met haar getrouwd?' Zijn stem galmt door de ruimte. Hij schrikt, kijkt om zich heen en wordt duizelig.

Hij kan beter naar boven gaan.

Ellis

I

Vrijdag 18 maart

Op vrijdag gaat ze altijd kaas kopen in de Barteljorisstraat en daarna trakteert ze zichzelf op koffie met een hartige punt bij La Place. Vandaag mist ze dat ritueel, maar ze houdt zichzelf voor dat ze andere dingen te doen heeft. Ze heeft met Felix afgesproken dat ze Gustaaf Jelle tegen halfnegen zal sms'en. Het is vijf voor halfnegen. Ze maakt het bericht.

Blijf vandaag en ook vannacht bij Edith. Het gaat even niet goed met haar. Bel je later.

Ze controleert nog of ze de juiste tekst heeft gebruikt en drukt daarna op Verzenden. Hij is waarschijnlijk op weg naar zijn werk en zal het sms'je pas lezen als hij daar is. Het antwoord komt onverwacht.

Waar zit je precies? Heb je geen kleren nodig? Moet ik iets brengen?

Ze klapt haar mobiel dicht.

Ze heeft een stapel boeken gekocht en twee dagen geleden heeft ze ook nog tien tijdschriften hiernaartoe gebracht. Felix wil liever niet dat ze naar buiten gaat. 'Het moet er echt op lijken dat je verdwenen bent,' zei hij gisteren nog. 'Het is natuurlijk belangrijk dat hij iets van je hoort, anders gaat hij zelf aangifte doen van vermissing. Maar het is de bedoeling dat je opeens nergens meer gesignaleerd wordt en de telefoontjes naar de politie kunnen dan argwaan opwekken, waardoor hij zich ongemakkelijk gaat voelen. Als hij ontdekt dat het manuscript verdwenen is, krijgt hij wel in de gaten dat jij niet zomaar bent weggegaan, maar dan heeft hij in ieder geval de schijn al behoorlijk tegen. Geen mens gelooft dan nog iets van een verhaal over bestolen zijn, zeker niet als er steeds vaker gebeld wordt naar de politie over jouw opvallende afwezigheid.'

'Ik kan niet altijd in dit huis blijven zitten,' wierp Ellis tegen.

'Jij gaat later met mij mee,' was het korte antwoord. Het klonk heel beslist, heel definitief. Maar het waren koude woorden. Ze had de indruk dat hij de kilte in zijn eigen tekst in de gaten had. 'We moeten niet op de zaken vooruitlopen,' legde hij uit. 'We kunnen elkaar beter nog niets beloven. Als we dit op een emotionele manier aanpakken...'

'Het is goed,' zei ze.

Ze kijkt om zich heen. De woonkamer is karig gemeubileerd, maar alles wat hier staat is schoon en heel. Het is beslist een mooi huis. Zonnig, redelijk ruim, goed onderhouden. Dat mag ook wel voor de exorbitante huurprijs. Ze leest nog een keer het bericht van Gustaaf Jelle. **Waar zit je precies? Heb je geen kleren nodig? Moet ik iets brengen?**

Ziet ze het goed? Is hij bezorgd? In paniek? Of kan hij het gewoon niet uitstaan dat ze zomaar bij iemand is die hij niet kent? Ze heeft de informatie over haar zogenaamde nieuwe vriendin heel erg gedoseerd. Hij stelde geen vragen.

Gustaaf Jelle stelt nooit vragen. Ze zucht diep. Het staat haar niet aan dat ze zoveel aan hem denkt.

Ze schrikt wakker en beseft dat ze op de bank in de woonkamer in slaap is gevallen. Er klinken voetstappen in de gang. Ze gaat snel rechtop zitten en grijpt het tijdschrift dat van de bank gegleden is.

Felix kust haar en klemt haar tegen zich aan. 'Heb je het bericht verstuurd?'

Ze wil nu niet aan sms'jes denken. Ze wil meer van dit en met hem in bed belanden. Maar hij maakt zich van haar los en kijkt haar aan.

'Ja, en hij heeft direct geantwoord. Hij wilde weten waar ik precies zit en of ik kleren nodig heb.'

'Je hebt toch niets losgelaten?'

'Nee, natuurlijk niet. Hij bekijkt het maar.'

'Ik gier van de honger. Heb je iets te eten?'

Ellis slikt een paar keer. Ze zou willen vragen hoe het komt dat hij haar eerst zo vurig kust en direct daarna weer wegduikt in de afstandelijkheid. Toen hij haar tegen zich aan drukte voelde ze dat hij opgewonden was. Waar is die opwinding gebleven? Wat weerhoudt hem van seks? Waarom zijn ze in al die maanden dat ze elkaar zien nog steeds niet verder gekomen dan bijna vluchtige tongzoenen en welgeteld drie keer orale seks? En waarom was zij degene die hém bevredigde en heeft hij nog nooit een poging ondernomen in háár richting?

'Ik gier van de honger,' herhaalt Felix. 'Ik heb zin in hartig.'

'Ik kan een pizza voor je maken,' biedt ze aan. Ze heeft het koud.

Ze wil hier weg.

'Annabel zit steeds te zeuren over jou,' zegt hij met volle mond. Hij kauwt door en kijkt haar aan met een onderzoekende blik in zijn ogen.

'Hoezo zeurt ze? Waarover?'

'Ze verdenkt je ervan dat je eropuit bent om mij aan de haak te slaan.'

'En wat antwoord jij?'

'Dat ze die fantasie beter kan gebruiken voor een goed verhaal. Ik zeg niets, dat zul je begrijpen. Ik ga helemaal niets doen of zeggen wat haar wantrouwen kan voeden. Eerst ons plan uitvoeren en dan…'

Ons plan? Ellis verwerpt deze vraag onmiddellijk en stelt een andere. 'En dan wat?'

Felix is uitgekauwd. 'Je denkt dat ik een spel met je speel.'

'Ik weet eerlijk gezegd niet meer precies hoe ik over onze relatie moet denken.'

Hij staat op en trekt haar uit haar stoel. 'Dan zal ik je dat moeten tonen,' grinnikt hij.

2

Hij snurkt.

Ellis kijkt naar hem en is zich bewust van het schrijnende gevoel tussen haar benen. Ze vond het verschrikkelijk en hij heeft er niets van gemerkt. Hij rukte de kleren van haar lijf, duwde haar op het bed, kleedde zichzelf in een razend tempo uit en besprong haar alsof hij geen tijd wilde verliezen. Alsof zijn erectie een zeer beperkte houdbaarheid had.

Ze draait haar hoofd naar het raam en probeert de tranen tegen te houden, maar ze stromen al. In de badkamer snikt ze het uit, de handen voor haar gezicht geslagen. Het hete water van de douche ontspant en verdrijft de kou die zich over haar heen heeft gestort. Ze zet de straal op het aangerande deel van haar lijf. Waar is ze in hemelsnaam mee bezig? Wat zoekt ze bij deze man?

Ze heeft niet gemerkt dat hij haar is gevolgd en schrikt van de handen die haar opeens aanraken. 'Sorry,' zegt hij. Ze hoort aan zijn stem dat hij het meent. 'Dit had ik heel anders moeten aanpakken. Het komt door... Ach, laat ook maar. Het was niet het juiste moment. Sorry, sorry, sorry. Heb ik je pijn gedaan?'

'Ja.' Ellis staat roerloos onder het stromende water en beantwoordt zijn aanraking niet. Ze wil dat hij weggaat.

Felix trekt haar onder de douche vandaan en begint haar

af te drogen. Ze slaat snel een badhanddoek om zich heen en zegt dat ze het verder zelf wel kan. Hij druipt af.

Ze is duizelig en grijpt de wastafel vast. Met gesloten ogen haalt ze een paar keer diep adem, tot ze de duizeling voelt wegtrekken.

Als ze zich heeft aangekleed, aarzelt ze. Ze heeft hem niet horen weggaan en ze weet niet wat ze tegen hem moet zeggen. Wil zeggen. Wat valt hier nog aan toe te voegen? Volgens hem was het niet het juiste moment. Ellis kan tientallen momenten benoemen die de juiste hadden kunnen zijn als hij het initiatief had genomen. Er zijn diverse situaties geweest die er geschikt voor waren. Maar ze gingen voorbij, ze lieten die momenten allebei uit hun handen glippen.

Twee weken geleden was ze er nog stellig van overtuigd dat er een toekomst was voor de combinatie Ellis-Felix. Ze hadden veel contact en bespraken uitgebreid het plan dat hij had bedacht. Hij herhaalde voortdurend dat het manuscript van Gustaaf Jelle een cruciaal onderdeel van zijn vertrekmogelijkheid was en wuifde elk tegenargument weg. Toen Ellis voorzichtig opmerkte dat ze sowieso zonder problemen konden vertrekken, omdat ze vermogend genoeg was om hem te onderhouden, werd hij kwaad. 'Het gaat niet om geld,' zei hij. Toen had ze moeten vragen waar het dan eigenlijk wél over ging. Het hele plan, inclusief de diefstal die ze hebben voorbereid, lijkt op dit moment belachelijk en puberaal. Toch gunt ze Gustaaf Jelle het verlies van zijn werk. Van dit werk. Van dat verhaal over haar. Van de wensgedachte die in alle hoofdstukken zichtbaar is en ontaardt in verschrikkelijk geweld. Hij laat zijn hoofdpersoon met een hockeystick vermoorden en gevonden worden in een hangmat. Hij weet hoe graag Ellis in hun hangmat ligt. Hij weet dat ze terugdeinst voor geweld.

En waarom.

Felix staat in de deuropening. Hij strekt zijn armen naar haar uit. 'Kom eens bij me. Alsjeblieft.'

Ze voelt de strakke weerstand van haar spieren. Eerst doen zijn strelende vingertoppen pijn, maar haar lichaam besluit zich te ontspannen. Zijn handen gaan over haar rug, raken bijna terloops haar billen aan en bewegen zich weer in de richting van haar schouders.

Zijn mond zoekt haar lippen.

Ze begint weer te huilen.

3

Het zijn vloedgolven die over haar heen komen en haar meesleuren, een eindeloze diepte in. De wereld is ergens buiten, ergens ver weg op een onbereikbare plek. Niets doet er meer toe. Het maakt niet uit of iemand haar zal veroordelen, welke hindernissen er nog genomen moeten worden om van Gustaaf Jelle te scheiden, hoe hij zich zal voelen. Het maakt alleen uit wat hier gebeurt, op dit moment. Ellis laat de overweldigende seks over zich heen komen.

En ze huilt nog steeds.

Hij kust haar tranen weg. 'Niet meer huilen,' fluistert hij. 'Alsjeblieft niet meer huilen.'

Ze weet niet meer precies wat ze voelt. Het heeft iets met ontreddering te maken, met vallen in een diepe put en niet in staat zijn de val te breken. Het gevoel is goed en slecht, het is verwarrend en tegelijk vertrouwd. Het is vooral iets wat zich buiten haar afspeelt, ze blijft een buitenstaander. Daardoor lijkt de vrouw die haar stem niet meer in bedwang kan houden en het uitschreeuwt iemand anders te zijn. Een andere Ellis.

'Ik neuk je,' hijgt Felix. 'Eindelijk neuk ik je. O god, wat is dit lekker.' Hij schijnt totaal niet te beseffen dat dit de tweede keer is binnen een uur. Ellis wil de eerste keer ook verdringen. De eerste keer was een kwalijk incident. Nu is het goed.

Hij ligt hijgend naast haar. Ze kruipt tegen hem aan. Hij trekt haar dichter naar zich toe en streelt haar arm.

Hij is weer in slaap gevallen en ze bekijkt zijn ontspannen gezicht. Het heeft iets jongensachtigs en ze herinnert zich dat ze dit ook zag toen ze hem voor de eerste keer opmerkte in de sportschool. Hij stond op een loopband en lachte. Er was geen spoor van vermoeidheid op zijn gezicht te bespeuren, geen enkel signaal van inspanning. Dat viel haar op en daardoor bleef ze staan. Hij maakte een uitnodigend gebaar naar de lege loopband naast die van hem. 'Loop een eindje met me mee,' zei hij.

Loop een eindje met me mee. De woorden hebben inmiddels een veel bredere betekenis gekregen. Ze hebben iets in gang gezet waar ze nooit rekening mee had gehouden. Ze luidden het afscheid van Gustaaf Jelle in, van haar huwelijk, van de verwachtingen die ze koesterde, van de teleurstelling die ze geen ruimte gaf.

En ze hebben de woede die al veel te lang heeft kunnen woekeren manifest gemaakt.

Ze is heel voorzichtig uit bed gestapt en heeft een kwartier onder de hete douche gestaan. De badhanddoek schuurt over haar rug, het is een lekker gevoel. Haar handen dwalen over haar buik.

Ze vraagt zich af of ze nu gelukkig is, maar verwerpt de vraag direct.

In de slaapkamer blijft het stil en ze sluipt de trap af. Op het moment dat ze de waterkoker inschakelt, hoort ze in de kamer een geluid. Een bekend geluid. Het komt uit het mobieltje van Felix, dat op de tafel ligt. Hij heeft een bericht ontvangen.

Ellis staat met het mobieltje in haar hand en aarzelt. Ze begrijpt niet wat haar drijft, waarom ze wil weten wie het bericht heeft gestuurd en wat het inhoudt en waardoor haar nieuwsgierigheid haar aarzeling overwint. Ze opent het bericht.

Schiet het al op? Ik heb een geweldig idee. Better than worse. XXX, A.

Boven is een geluid. Ellis legt het toestel snel terug op dezelfde plek en rent naar de keuken.

'Ik hou hem vandaag in de gaten,' zegt Felix. Hij heeft zijn mobiel met een achteloos gebaar in zijn zak gestoken en pelt het ei dat Ellis voor hem heeft neergezet.

Ze probeert niet te laten merken dat ze van slag is. 'Hoe precies?'

'Hij gaat op vrijdagavond toch altijd drinken met zijn maten?'

'Ja.'

'Dan neem ik daar vanavond ook een borrel. En ik vertel je later hoe hij zich gedroeg. Wat denk je zelf? Is hij ervan onder de indruk dat jij je niet vertoont?'

'Maakt dat wat uit?'

'Natuurlijk maakt dat wat uit. Als er iets aan hem te merken is, zullen zijn maten daar later een verklaring over afleggen.'

'Later?'

'Nadat het toch wel erg opvallend wordt dat jij je niet meer op de Verspronckweg vertoont, lieve schat.'

'Ik weet niet of ik dit nog wel zo'n goed idee vind, Felix.'

Hij schrikt. 'Wat zeg je nu?'

'Ik zeg dat ik niet weet of ik dit nog wel zo'n goed idee

vind. Ik ben bang dat hij woedend wordt als we zijn manuscript weghalen en het hem niets interesseert wat de omgeving fantaseert over mijn afwezigheid. Ik denk dat we ons een hoop ellende kunnen besparen als we dit plan laten varen.'

Zijn blik is kil. 'Zoals je wilt. Dan niet. Dan ga jij weer gewoon terug naar waar je vandaan komt, leef je verder met een man die je niet ziet staan en je via een thrillermanuscript duidelijk maakt dat hij je dood wenst.'

'Ik wil niet terug.' Ze zou willen vragen of er opeens voorwaarden verbonden zijn aan hun relatie.

'En ik wil Annabel niet verlaten zonder mijn belofte waar te maken. Het was jouw idee, Ellis, om haar een nieuwe bestseller te bezorgen. Jij wilde je man de loer van de eeuw draaien en ik vind het laf dat je daar nu op terugkomt.'

'Ik denk dat het feit dat ik ben vertrokken zonder een verklaring achter te laten zijn ego al genoeg aantast.'

Felix grijpt haar handen vast. 'Het is een goed idee. En daarna komt onze tijd.'

Ze wil weten waarom hij zijn plan zo graag wil uitvoeren. Waar het bericht dat ze net heeft gelezen precies over ging. Wat *better than worse* in hemelsnaam kan betekenen. Nu zou ze alle twijfel overboord willen smijten. Nu zou ze zich willen ontpoppen als een bitch die niet over zich laat lopen. 'Ik hoop het,' is het enige wat ze kan uitbrengen.

Annabel

I

Als je huisarts je persoonlijk op de hoogte komt stellen van de uitslag van een belangrijk onderzoek, is het foute boel. Toen dus zijn assistente belde om te vragen of ik thuis was omdat de dokter langs wilde komen, wist ik het.

Sinds ik het hoorde, kan ik niet goed meer onthouden welke dag het is. Dat is vreemd, want volgens de uitslag van de scan zit de kanker in mijn skelet. 'Van je kruin tot je tenen,' zei mijn huisarts toen ik de volledige waarheid eiste.

Ik vind dat ik stevig genaaid ben.

'Ben je gelovig?' vroeg de dokter.

'Jij?' wilde ik weten.

'Nee, hoezo?'

'Dan kan ik rustig zeggen dat ik religie beschouw als een dwangneurose van epidemische omvang.'

Hij glimlachte niet eens.

Mijn doodvonnis heeft een ander mens van me gemaakt. Ik ben tegenwoordig het type dat alles zegt wat in haar opkomt. Daar maak je geen vrienden mee, maar wat moet ik nog met vrienden? Ze weten het niet eens, alleen Felix is op de hoogte en zijn permanente doodgraversgezicht doet al pijn aan mijn ogen. Ik moet er niet aan denken dat ik op goedbedoelde sympathie met een zwarte sluier word getrakteerd, of op adviezen. Vooral adviezen wil ik voorkomen.

Er schijnen internetsites te bestaan voor lotgenoten. 'Bewaar me,' heb ik tegen Felix gezegd toen hij daarover begon. 'Waar moet dat over gaan? Over welke kleur kist je wil hebben? Of over wat ze je moeten aantrekken als je gaat beginnen aan je grote reis?'

Hij vindt me te ontkennend. Ik vind dat hij te gemakkelijk accepteert. De kanker kan me gestolen worden, voor mij bestaat er voorlopig geen levenseinde. Ik ben er nog en ik ben niet van plan al snel te vertrekken. De morfinepleisters verdoven de pijn, de ecstasy houdt me overeind. Wie had ooit gedacht dat ik zonder enig voorbehoud een illegaal amfetaminederivaat met een stimulerende, bewustzijnsverruimende en entactogene werking zou omhelzen? Die termen heb ik dus wél opgezocht op internet. Dat entactogene aspect hoeft er overigens van mij niet bij. Ik hoef me niet per se verbonden te voelen met andere mensen en gemakkelijk contact te maken. Ik hou de aandacht van mij uit en voor mij graag beperkt, maar voor M heb ik alle ruimte. M is lief. Mooi, hartstochtelijk en betoverend. Voor M wil ik leven.

M weet van niets.

Ik heb de vrouwen die tot nu toe een rol hebben gespeeld in mijn leven nooit bij hun volle naam genoemd. Er zit iets mysterieus in alleen de eerste letter. M vindt het geil, het windt haar op. Ik heb me voorgenomen om die opwinding te voeden en in omvang te overtreffen. Dit is de eerste keer dat een vrouw me dermate boeit dat ik alleen háár wil en niemand anders. Maar ik verlang wel iets terug. Trouw. Het woord dat ik tot voor kort haatte en verwierp. Het woord dat ik beschouwde als de ultieme beklemming, de sluipmoordenaar van een relatie, de banaliteit der banaliteiten.

Tegenwoordig omarm ik het begrip.

M vindt me een vertederende dwaas. Als ik aan haar vraag of ze nog met anderen vrijt, kust ze me.

Zou M bereid zijn haar eventuele escapades achter zich te laten als ze wist dat onze tijd eindiger is dan we hebben gepland? Dit soort vragen kan ik beter achterwege laten. Tijd is mijn vijand geworden, ik moet hem bestrijden. Chemo is niet meer aan de orde, vertelde mijn huisarts. Pijnbestrijding, mogelijk in de vorm van radiotherapie, en voorbereidingen treffen voor het naderende einde. Ik ben opgegeven, geloof ik. Maar niet door mezelf. De kanker kan de kanker krijgen, de tijd ook.

Misschien was het wel een foute diagnose. Je weet het nooit met de medische maffia. Dat ik niet eerder aan die mogelijkheid heb gedacht. Zoiets moet er aan de hand zijn. Een terminale kankerpatiënt loopt niet rond zoals ik. Die strompelt, zit in een rolstoel en is afhankelijk van verzorging. Ik loop, ik beweeg, ik eet zelfstandig. Toegegeven: ik ben snel moe en vermager. Het eten smaakt me niet, maar dat kan ook door die peppillen komen. En vlak de morfine niet uit, daar zitten ook allerlei bijverschijnselen aan vast. Felix doet moeilijk over de ecstasy, maar dat pik ik niet. Ik wil geen geleuter over het risico van de combinatie met morfine, ik wil geen moeilijke blikken over het illegale circuit waar hij zich in moet begeven. Ik wil pep, ik wil actie, ik wil energie.

Ik wil leven.

Ik wil scoren met het manuscript van dat over het paard getilde secreet dat boven de rest van de wereld meent te staan. Gustaaf Jelle de Volte, gelieve hem immer met zijn volle voornaam aan te spreken. Wat een armoede als je status in je voornaam zit.

Ik wil hem niet alleen bestelen, ik wil hem ook niet alleen zien spartelen. Ik wil de wereld heel lang van hem verlossen en dat is maar op één manier mogelijk. Dat lukt alleen als ik ervoor zorg dat hij komt vast te zitten en dan het liefst vergezeld van tbs. Zulke gnomen horen niet in een fatsoenlijke maatschappij thuis. Ik weet hoe ik hem in de bajes kan krijgen, dat is zo simpel als het maar kan zijn. Daar is alleen een vermoorde echtgenote voor nodig. En als ik het goed begrepen heb heeft hij me dat in dat boek waar hij zo trots op is al voorgedaan hoe ik dat het beste kan aanpakken.

2

Ik had direct in de gaten dat Felix ergens mee bezig was. Hij denkt nog altijd dat hij iets voor me verborgen kan houden, maar ik lees iedere uitdrukking in zijn ogen. En niet alleen in die van hem, ik kan al vanaf mijn vroegste jeugdjaren ogen lezen. Daardoor weet ik ook al jaren dat mensen vaak andere dingen zeggen dan ze denken. 'Hoe heet ze?' vroeg ik op een zaterdagochtend bij het ontbijt. Hij gaapte me aan en ik zag dat hij een ontwijkend antwoord bedacht. Ik hief mijn hand op. 'Gewoon zeggen.'

'Ze heet Ellis.'

'Ellis. Een kleinemeisjesnaam. Is ze klein? Een poppetje?'

'Ze is inderdaad niet heel erg groot. Ik schat haar zo'n één meter vijfenzestig. Niet dun, ook niet dik. Aangenaam mollig.'

'Ze lijkt dus niet op mij.'

'Haar stem lijkt op die van jou.' Die mededeling stond me niet aan, maar toen hij vertelde met wie de aangenaam mollige Ellis getrouwd was, had ik hem graag een dreun verkocht.

De vrouw met de kleinemeisjesnaam is de wettige echtgenote van Gustaaf Jelle de Volte, hoe is het mogelijk? De hele wereld zit vol vrouwen die maar al te graag een avontuur willen beleven met een goedgebouwde, aantrekkelijke en buitengewoon viriele vent als Felix en voor wie valt mijn man? Voor Ellis de Volte.

'Het huwelijk is niet goed,' zei hij. 'Zeg maar rustig slecht, zo dood als een pier. Zal ik je eens een geheim verraden? Hij schrijft een literaire thriller en zij leest alles stiekem als hij weg is. Het is een tamelijk autobiografisch verhaal en ze is er beroerd van.'

'Wat is er autobiografisch en waar wordt ze beroerd van?' Eigenlijk wilde ik die vraag niet stellen. Eigenlijk wilde ik hem vragen zijn bek te houden en eraan toevoegen dat hij zijn piemel wat mij betrof overal in kon steken, behalve in de vrouw van Gustaaf Jelle de Volte.

'In het manuscript wordt de vrouw van een schrijver vermoord en gedropt in een bos. Ze herkent alles wat hij schrijft, ze ziet zichzelf als het ware in de tekst tevoorschijn komen. Ze beschouwt het verhaal als een persoonlijke aanslag.' Hij leek te aarzelen. 'Er is niets tussen ons gebeurd; ik bedoel, we hebben geen echte seks gehad.'

'Je lijkt Clinton wel,' zei ik.

'Zoiets,' mompelde hij.

Ik had geen trek in verdere mededelingen over zijn escapades. Ik hoef daar niets van te weten, we hebben een goede deal gemaakt. Vrijheid met seks, geen verplichtingen, geen verwijten. De dagen nadat hij had verteld over Ellis, vreeën we de koeien uit de wei. Ik ging los, maar in mijn achterhoofd zat wel steeds een gedachte. Een zin.

In het manuscript wordt de vrouw van een schrijver vermoord en gedropt in een bos.

Mijn uitgever belde op zaterdagmorgen en informeerde op narrige toon of er nog iets ging gebeuren. 'Ik ben aan het afronden,' riep ik jolig. Ik maakte Felix wakker en vertelde wat ons te doen stond.

3

Ik weet natuurlijk ook wel dat de uitslag van het onderzoek de reden was dat hij ophield met tegensputteren. Ik zie hem iedere dag denken: dit is haar laatste wens, ik moet haar helpen. Het medelijden in zijn ogen is stuitend. Het voedt mijn haat tegen de wereld, tegen de teloorgang van mijn lijf, tegen Gustaaf Jelle de Volte en zijn mollige eega die op mijn man valt.

Bestaat toeval? Die vraag beheerst me al jaren en ik heb de laatste tijd de neiging hem met 'nee' te beantwoorden. Het kan geen toeval zijn dat ik nog geen week nadat ik mijn idee aan Felix had voorgelegd, werd gebeld door Meneer Mislukkeling de Volte. Hoe hij aan mijn telefoonnummer kwam, zoek ik nog wel eens uit. Ik blafte hem uit mijn buurt. Daarna benaderde hij me tijdens het jaarlijkse diner voor misdaadauteurs. Dat daar ook recensenten worden toegelaten moet ik ook nog eens ter discussie stellen. Maar first things first. Hij bood me een manuscript aan en ik moest me heel erg beheersen om niet te laten merken dat ik bijna omviel van verbazing. Ik bleef cool en negeerde hem.

Felix was het met me eens dat er gehandeld moest worden en besprak ons plan met de mollige Ellis. Ze huurde een huis in Bloemendaal om zich in te kunnen verschansen. Felix liet me de sleutel zien die ze hem had gegeven en ik sloop de volgende ochtend het huis uit om hem te laten kopiëren. Het schijnt een kast van een huis te zijn, twee onder een kap. De andere helft staat te koop. Achter het huis ligt een diepe tuin waar een paar bomen in staan.

Nee, toeval bestaat niet.

Ik heb een actiepuntenlijst gemaakt en die werk ik af. Tegenwoordig maak ik vaak lijsten, mijn geheugen laat me nogal eens in de steek. Dat zal wel door de morfine komen. Mijn huisarts wil me regelmatig zien, maar ik hem niet. Dat heb ik Felix aan de assistente laten doorgeven. Ik wil geen vragen, geen adviezen, geen controles, geen medeleven.

'Waarom toch niet?' vroeg Felix een paar dagen geleden.

'Het was een foute diagnose,' antwoordde ik en ik vond de verbijsterde blik in zijn ogen vermakelijk.

De Volte heeft gisteren op me gewacht en ik had graag even naar binnen gegluurd in dat huis aan de Verspronckweg. Het huis is van Ellis, zij heeft het geld. Felix houdt me trouw op de hoogte van het levensverhaal van zijn minnares, die tot nu toe het genot van de penetratie niet heeft mogen beleven. Maar wie weet gebeurt het vandaag. Hij blijft erg lang weg.

Ik heb geen zin in dit jaloerse gevoel, het is te dwaas voor woorden. Ik wil weg, naar buiten. Vandaag was een *bad day*, een slomedozendag, die me vastkluisterde aan de bank. Het is tijd voor actie. Ik ga eerst de aantekeningen die ik heb gemaakt even doornemen. Iedere keer als Felix me vertelde wat hij over de voortgang van het manuscript te weten was gekomen, schreef ik dat op. De vrouwelijke hoofdpersoon hoort op een avond voetstappen bij de voordeur en ze schiet in een angststuip. *Whow!* Dat is een actie die te overzien is en ik heb een frisse neus nodig. Ik ben altijd al een voorstander geweest van het combineren van nuttig en aangenaam. Mijn voorraad peppillen slinkt erg snel, ik moet Felix weer op pad sturen. Stekende pijn in mijn heupbeen. Flikker op met die pijn, ga een ander lastigvallen. Ik heb zin om iemand in elkaar te trappen. Zo was ik nooit.

Zo ben ik nu en laat ik daar maar aan wennen.

Ik zal even een sms'je sturen, zodat hij weet dat ik iets van plan ben.

Schiet het al op? Ik heb een geweldig idee. Better than worse. XXX, A.

Nog eens de aantekeningen doornemen, nog een extra pijnstiller slikken. Ik verlang naar M, waar zou ze uithangen?

Welke dag is het vandaag?

Felix antwoordt niet, maar ik ga hem belagen met nog meer berichten. Ik wil niet dat hij te ver gaat met dat mens, al zitten we voorlopig aan haar vast.

Het wordt tijd voor actie. Zou ik het alleen kunnen? De kracht in mijn armen is minder dan ooit, het lukt mijn handen niet eens om een nieuwe pot jam open te maken. Lukt het me nog om toe te slaan?

Misschien moet ik iets aan conditietraining doen.

Ellis

I

Vrijdag 18 maart

Felix is weg. Hij heeft beloofd om vanavond iets te laten horen. Er kwamen vlak voordat hij vertrok nog twee sms'jes binnen, maar hij opende de berichten niet. 'Ik denk dat Annabel me aan het controleren is,' zei hij.

Ze probeert een tijdschrift te lezen, maar ze kan zich niet op het artikel dat voor haar ligt concentreren. Het gaat over moeizame relaties tussen moeders en dochters. Dat is überhaupt een onderwerp waar ze niets mee heeft. Zij heeft met niemand zo goed kunnen opschieten als met haar moeder. Die gedachte maakt haar weemoedig.

De twijfel blijft haar bestoken. Felix wil haar niet actief bij het plan betrekken en tot vandaag vond ze dat een goed idee. Ze moest er niet aan denken om haar eigen huis binnen te dringen en voortdurend op haar hoede te zijn of ze niet iets hoorde wat de onverwachte thuiskomst van Gustaaf Jelle kon betekenen. Die gedachte bezorgt haar nog steeds een onrustige hartslag, maar toch voelt ze zich ook niet bepaald senang bij het idee dat Felix in haar huis zal rondlopen en het plan zal uitvoeren. Zijn plan. 'Tot in detail kloppend en veilig,' heeft hij haar vandaag nog verzekerd. Hoe is het mogelijk dat zijn voorstel haar eerder in alle staten van opwinding bracht? Ze zou hier met iemand over willen praten. Met Ineke en Hidde. Dat zijn de enige mensen bij wie ze zich voldoende vrij voelt om zaken te bespreken die persoonlijk zijn. Het zijn de mensen die iets begrijpen van haar huwelijk met Gustaaf Jelle, omdat ze hem goed kennen. Het is een wrange gedachte dat haar man nooit vragen stelt over de relatie die zij heeft met zijn vader en stiefmoeder. Dat zij het meeste wat ze van hem weet niet van hém heeft gehoord, maar van hén. En dat zij even weinig succes heeft geboekt bij haar pogingen om hem te bereiken als zij. 'Hij keerde zich van me af vanaf het moment dat zijn moeder stierf,' heeft Hidde vaak verteld. 'Het is moeilijk uit te leggen, maar sinds die dag verdween hij voor een deel. Hij negeerde me niet, maar keek gewoon dwars door me heen. En toen ik Ineke ontmoette, hield hij dat vol. Ze heeft echt heel goed voor hem gezorgd, zich op geen enkele manier aan hem opgedrongen, eindeloos geduld met hem gehad, maar zonder resultaat. Ze bestaat niet voor hem en ik evenmin. We hebben ons erbij neergelegd. Het is niet anders.'

'Ik vind je ouders echt heel aardige mensen,' zei Ellis toen ze vlak voordat ze trouwden kennis met hen had gemaakt.

'Het zijn mijn ouders niet, het is mijn vader met zijn vrouw.'

'Maar ze heeft je toch voor een deel opgevoed? Ze geeft volgens mij echt om je.'

'Ik weet van niets. Noem hen niet mijn ouders, alsjeblieft.'

Ellis dwingt zichzelf ergens anders aan te denken. Ze gaat Ineke en Hidde nu niet bellen. Ze wacht tot Felix terugkomt en zal daarna besluiten of ze het plan doorzet. De seks was heerlijk. Ze wil het nog een keer, nog heel veel keren. Ze wil eindelijk weer eens worden aangeraakt, worden bewonderd, worden begeerd. Ze wil zich weer een vrouw voelen, voor iemand belangrijk zijn.

Sinds ze Felix leerde kennen op de sportschool voelt ze zich anders. Gezien. Aantrekkelijk. Hij weet alles van haar. Het heeft haar geen enkele moeite gekost hem te vertellen over haar beschermde jeugd, over de hechte relatie met haar moeder en de vanzelfsprekende afwezigheid van een vader. Er was geen vader, er was een donatie van zaadcellen van een onbekende man. Daarna waren er een moeder en een dochter die heel close werden, tot een te laat ontdekt kankergezwel in haar moeders linkerlong aan alles een eind maakte. Felix heeft het haar verschillende keren laten vertellen en reageerde emotioneel. Dat trof haar, daar viel ze voor. Hij wilde ook alles weten van haar relatie met Ineke en Hidde. En over andere relaties, met vriendinnen en vrienden. Die heeft ze niet. Ze kent een paar vrouwen van de sportschool, met een van hen gaat ze wel eens naar de film. En ze heeft een aardig contact met de eigenaresse van de boekhandel in de Barteljorisstraat, maar dat contact beperkt zich tot de gesprekken in de zaak.

Felix weet ook alles over haar huwelijk met Gustaaf Jelle. Hij heeft haar laten vertellen hoe ze haar man al jaren controleert, hoe het haar lukt om wat ze daardoor ontdekt voor hem verborgen te houden. Hij zat ademloos te luisteren toen ze vertelde dat Gustaaf Jelle vreemdging met die Minoes. 'Dat je dat pikt,' riep hij.

Maar Felix weet niets van de baby. Niet dat die bestaan heeft en niet dat ze hem is kwijtgeraakt. Daar kan ze nog steeds niet over praten. Die gebeurtenis zit ergens in haar herinneringen opgesloten, vastgekleefd aan een onverteerbaar verdriet. Het was een jongen en hij zou nu veertien zijn geweest.

Ellis probeert zich te beheersen, maar ze huilt alweer. Haar ogen lijken een kraan die niet meer valt af te sluiten. Ze schrikt van een vreemd geluid. Het komt uit de gang. Als ze naar de deur loopt, realiseert ze zich dat het geluid zich ergens buiten bevindt. Ze veegt snel de tranen van haar wangen. Felix heeft haar laten beloven dat ze zich niet op straat en evenmin aan de voordeur zal vertonen. En ook niet in de tuin achter het huis. Nergens. 'Je bent even weg, onthoud dat goed. Je weet nooit wie je treft, het toeval kan je verraden. Ik zorg ervoor dat jouw afwezigheid een verdacht tintje krijgt en je man in de problemen komt. Jij zorgt ervoor dat alles klopt. Hebben wij een deal?' Toen zei ze nog volmondig ja, toen was het plan nog een avontuur dat naar haar lonkte. Dat haar opwond.

Nu niet meer.

Ze opent de deur naar de gang. Daar is het stil. Ze luistert en probeert te ontdekken wat ze precies gehoord heeft. Het geluid is kort en krachtig, ze weet direct waar het vandaan komt. Het komt van buiten, het is het geluid van het tuinhek dat wordt dichtgeslagen. Ze loopt naar de voordeur en wacht.

Ergens in de buurt wordt de motor van een auto gestart. Ellis rent de trap op en probeert door de lange vitrage in de slaapkamer te zien welke auto het is. Maar hij is de straat al uit.

Niemand weet dat ze hier is. Niemand, behalve Felix.

En Annabel.

Ze heeft het huis op haar meisjesnaam gehuurd en Felix gemachtigd om de sleutels van het huis bij de makelaar op te halen. Waarschijnlijk stond er iemand voor de deur die iets wilde verkopen. Of verkondigen. Geloofsboodschappers staat ze nooit te woord.

Maar waar komt dan haar schrik vandaan?

Ze loopt weer naar beneden en neemt zich voor de paniek geen ruimte te geven. Als ze in paniek raakt, houdt ze het hier niet lang uit.

Het is weer stil achter de voordeur. Doodstil.

2

Het was echt iemand die iets wilde verkopen, daar is Ellis absoluut van overtuigd. Maar haar handen blijven trillen en het lukt haar niet om haar vingers in bedwang te houden. De schrik heeft zich vastgeklemd aan haar borstkas.

Iets in haar brein herkent deze situatie, maar de chaos in haar hoofd belemmert elke vorm van helder denken. Ze is een beetje duizelig en haalt niet goed adem. Voorzichtig loopt ze terug naar de kamer en gaat op de bank zitten. Ze denkt na. Wat herkende ze precies? Waar komt haar schrik vandaan? De conclusie is schokkend.

Dit gebeurt in het manuscript van Gustaaf Jelle. De vrouw die het slachtoffer zal worden van een gruwelijk complot wordt bang gemaakt en opgejaagd, waardoor ze verlamd van angst een gemakkelijke prooi is voor de moordenaar. De scène van voetstappen in de voortuin en een auto die opeens wegrijdt staat bijna letterlijk in het verhaal.

Toen Gustaaf Jelle de software op haar nieuwe laptop installeerde, adviseerde hij haar een wachtwoord in te stellen. 'Welk woord zal ik dan nemen?' vroeg ze.

'Dat moet je zelf bepalen,' antwoordde hij. 'Ik raad je aan het aan niemand bekend te maken.'

Natuurlijk had hij zelf ook een wachtwoord. En natuurlijk ging hij ervan uit dat ze dat woord niet zou raden. Gustaaf Jelle is waarschijnlijk nooit op het idee gekomen dat zijn vrouw zou willen weten wat hij schreef of mailde. Ellis kickte op haar eigen nieuwsgierigheid en ze ontdekte al na een paar pogingen welk wachtwoord hij gebruikte. Het was de naam van zijn moeder. Natuurlijk was het de naam van zijn moeder.

De passage waar de geheimzinnige voetstappen in de voortuin wordt beschreven, herinnert ze zich goed. Het gaf het verhaal een spannende wending en ze merkte dat ze begon te fantaseren over wie het kon zijn geweest. Vanaf die passage had het boek haar in zijn greep en kon ze niet wachten om verder te lezen wat Gustaaf Jelle geschreven had. Ze volgde het verloop van het verhaal soms met klamme handen. Ze hoopte dat de vrouw van de hoofdpersoon het zou overleven. Pas toen duidelijk werd wat er met haar was gebeurd, besefte ze hoe sterk die hoop was. En waarom.

Wie kan dit aspect van het manuscript kennen? Wie kan weten wat er in dat verhaal gebeurt? Alleen Gustaaf Jelle en zijzelf. Of heeft hij het toch aan iemand anders laten lezen? Aan die vrouw, Minoes? Dat gelooft ze niet.

Ze wrijft met haar hand over haar voorhoofd om de opkomende hoofdpijn te verdrijven. Er was iemand bij dit huis en die heeft geprobeerd haar van streek te maken. Maar wie kan dat geweest zijn?

Er is een conclusie die ze wil tegenhouden, maar ze komt er niet onderuit. Ze kent iemand die precies weet hoe het verhaal in elkaar zit, want ze heeft dat zelf uitgebreid aan hem verteld. Felix.

Waarom zou Felix haar op stang willen jagen? Ze schudt

langzaam haar hoofd. Dit doet Felix niet. Ze moet zich geen rare dingen in het hoofd halen. Toch blijft de gedachte om haar heen zwermen.

Ze wil hier weg. Maar wat dan? Moet ze terug naar huis, naar dat desolate leven met een man die al lang geen enkele interesse meer in haar heeft? Ze heeft een hele tijd gedacht dat een rustig leven zonder spanningen genoeg voor haar was. Ze hechtte altijd sterk aan de status van getrouwde vrouw, ook al zou ze dat nooit aan iemand toegeven. En ze wilde het contact met Hidde en Ineke niet kwijt. Kan ze nog terug, moet ze Felix vergeten? De gedachte veroorzaakt een paniekerig gevoel. Ze grijpt haar mobieltje en toetst zijn nummer in. Hij neemt direct op. 'Ik kom naar je toe,' zegt hij zodra hij haar stem hoort. Hij vraagt niet waarom ze belt en wat er aan de hand is.

3

'Ik hoorde direct aan je stem dat het mis was,' zegt Felix. Hij heeft zijn armen om Ellis heen geslagen en klemt haar tegen zich aan.

Ze vertelt hem wat er is gebeurd.

Hij is verbaasd. 'Wie kan dat geweest zijn?'

'Ik ben bang, Felix. Ik wil hier weg en ik zou het liefst het hele plan vergeten. Word alsjeblieft niet boos. Het voelt niet goed. Het is gewoon een slecht plan. We krijgen er problemen door en we gaan ons doel voorbij schieten.'

'Je hebt gelijk. We kunnen hier beter mee stoppen. Maar hoe vertel ik dat aan Annabel? Ze heeft al tegen haar uitgever gezegd dat er een manuscript aan komt en ze heeft ook al het een en ander over de inhoud prijsgegeven.'

Ellis schrikt. 'Je zou het verhaal toch aan niemand vertellen?'

'Ik heb het alleen aan haar verteld, ze moet toch weten wat ze straks aan haar uitgever aanbiedt? Alleen de grote lijnen. Waarom schrik je zo?'

'Kan Annabel…'

'Hou op! Natuurlijk was zij het niet. Ze kent geen details.'

'Maar wie denk jij dan…'

'Je man?'

'Hoe kan die nu weten waar ik ben?'

'Die vriendin van hem?'

'Ze kent me niet eens.'

'Weet je dat zeker?'

Ellis wordt weer duizelig. Felix houdt haar nog steviger vast. 'Ga eerst eens zitten. Ik weet niet welke idioot hier aan de deur is geweest, maar ik denk dat we er te veel achter zoeken. Ik laat je zo weinig mogelijk meer alleen. Geef me een paar dagen de tijd om aan Annabel uit te leggen dat we het manuscript niet gaan weghalen uit jouw huis. Geef me een week. Daarna bespreken we hoe we onze scheidingen gaan aanpakken.' Hij raakt met zijn mond haar lippen aan en het volgende moment kust hij haar. De kus is intens en indringend. Ze laat zich erin meesleuren. Terwijl zijn handen haar uitkleden, denkt ze toch even aan verzet. Maar de vingers die haar aanraken zijn te dwingend. Te uitnodigend. Veel te opwindend.

Hoelang liggen ze hier al te vrijen? Het zou een dag kunnen zijn, maar ook een halfuur. De angst is weg. Zomaar weg, zonder een spoor achter te laten. Het enige wat overblijft is een totale ontspanning en het verlangen naar meer, nog veel meer. Het enige wat telt is deze verrukkelijke onverzadigbare lust. Deze totale overgave.

Ellis kan niet ophouden met naar Felix te kijken. Ze volgt niet alleen de bewegingen van zijn lijf, maar vooral de blik in zijn ogen. Ze ziet de uitbarsting in die blik, de vastbeslotenheid om dit te beleven, het intense verlangen naar meer.

Ze ziet een wanhopige drang om de tijd en de wereld te laten vervagen. En ze weigert die wanhoop een negatieve betekenis te geven. Ze wil het niet, ze doet het niet. Het lome gevoel dat de slaap aankondigt is beter en daarom omarmt ze het.

Hij is weg. De leegte in huis valt direct over haar heen als ze wakker wordt. Haar lichaam is koud, ze trekt het dekbed snel over zich heen. De duisternis houdt haar slaperig. Ze wil nergens over nadenken en vooral niet teleurgesteld zijn omdat Felix is weggegaan. Hij komt terug, daar is ze van overtuigd. Ze is te ongeduldig, te onzeker, te snel van slag. Het wordt tijd om het roer om te gooien. Haar ogen prikken. Ze geeft zich over aan de slaap. Misschien komt er een mooie droom.

Er beweegt zich iets over haar gezicht. Ze schrikt wakker en ziet de lach op het gezicht van Felix. 'Volgens mij lag jij heel mooi te dromen.'
'Waar was je?'
Nu wordt hij ernstig. 'Ik heb even een kijkje genomen in de kroeg waar je man iedere vrijdagavond losgaat. Vandaag was hij niet bepaald vrolijk. Ik denk dat jouw vertrek hem niet lekker zit.'
Ellis trekt Felix over zich heen. 'Heel goed,' zegt ze. 'Nu wij weer.'

4

Zaterdag 19 maart

Het huis heeft iets sinisters. Ellis heeft een diepe kast onder de trap in de gang ontdekt die voor een groot deel gevuld is met verhuisdozen. Er zitten twee soortgelijke kasten op de eerste etage waar ook van die dozen zijn opgestapeld. Ze vraagt zich af waarom ze daar staan en wat erin zit. Waarom ze er niet gewoon een paar openmaakt om zichzelf gerust te stellen.

De lamp op de overloop is kapot. Het donkere trapgat heeft een lugubere uitstraling. Om te voorkomen dat ze in het donker de trap op moet, laat ze het licht in de gang de hele avond branden.

Ze wil weg uit het huis, maar Felix heeft haar overgehaald om nog een paar dagen te blijven. 'Geef me alsjeblieft even de tijd om alles met Annabel te regelen,' smeekte hij bijna.

Hij raakte in paniek, dat hoorde ze aan zijn overslaande stem.

Ze is eraan gewend om in een groot huis te wonen. In haar eigen huis is ook wel eens een lamp kapot, er heerst ook vaak een diepe stilte en het heeft ook veel diepe kasten. Toch is ze daar nooit bang.

In dit huis begint ze zich ieder uur minder op haar gemak te voelen. Misschien heeft ze te veel tijd om na te denken, misschien is ze te gemakkelijk akkoord gegaan met de plannen van Felix.

Misschien had ze het plan toch aan Hidde en Ineke moeten voorleggen. Ze raakt in de war van haar eigen gedachten en betrapt zichzelf voortdurend op vreemde emoties. Dat wilde ze aan Felix duidelijk maken. 'Ik kan gewoon naar huis gaan en volhouden dat ik bij Edith Waldorf ben geweest,' probeerde ze zijn paniek te dimmen. 'Ik kan aankondigen dat ik wil scheiden en van hem eisen dat hij een ander huis gaat zoeken. Ik wil hier weg. Zodra ik alleen ben, begint het huis te spoken. Ik loop elke tien minuten naar de deur om te controleren of er niet weer iemand achter staat. Ik vind het hele plan om het manuscript te stelen en Gustaaf Jelle verdacht te maken door mijn verdwijning inmiddels belachelijk. Laten we het vergeten. Laten we gewoon openlijk voor elkaar kiezen.'

'Ik kan niet begrijpen dat je wraakzucht opeens helemaal verdwenen is,' zei Felix.

Die woorden klinken nog steeds in haar oren na. *Ik kan niet begrijpen dat je wraakzucht opeens helemaal verdwenen is.* Daar begrijpt ze zelf ook niet veel van. Toch klopt het. En ook weer niet. De neiging om zich te wreken is niet weg, die zal nooit helemaal verdwijnen. Ze hoeft maar aan het verhaal dat Gustaaf Jelle heeft geschreven te denken en ze raakt al geïrriteerd. Maar door de seks met Felix is er iets in haar haatgevoel ontdooid. Kwam dat door de herinnering aan de tijd dat de seks met Gustaaf Jelle nog goed was? Betekent het dat haar gevoel voor hem toch niet helemaal verdwenen is? Heeft ze afstand nodig om te kunnen relativeren? Ze durft de antwoorden niet te bedenken.

Felix is vanochtend al vroeg vertrokken en heeft beloofd om tegen een uur of drie terug te zijn. Ze heeft hem geen vragen gesteld. Er was iets in zijn houding wat haar waarschuwde voorzichtig te zijn. Iets afwerend, iets broeierigs. Ze vond het onaangenaam.

Dit gaat voorbij, houdt ze zichzelf voor. Deze waanzinnige situatie is snel verleden tijd. Het was een puberale actie en ze wil er niet meer over piekeren. Ze gaat verder met Felix. Het is goed, het kan alleen nog maar beter worden. Er is een bijzondere chemie tussen hen, ze zijn maten voor het leven. Ze kan hem vertrouwen, alles wat ze hem vertelt is veilig bij hem.

Waarom moet ze dat toch zo vaak tegen zichzelf zeggen?

Het besluit is genomen eer ze er goed over heeft nagedacht. Ze gaat Ineke en Hidde bellen. Ze zal niet zeggen waar ze is, maar wel vertellen dat ze heeft besloten om Gustaaf Jelle te verlaten. Daar zullen ze niet echt van opkijken. Iemand moet het weten, ze heeft er behoefte aan om dit te delen. En daarna belt ze Felix en zal ze hem vertellen dat ze toch zo snel mogelijk hier weg wil. Ze laat zich niet langer aan het lijntje houden.

Waar heeft ze haar mobiele telefoon neergelegd?

Ze zoekt en begrijpt niet dat ze het ding nergens kan vinden. Ze keert alles om wat daarvoor in aanmerking komt en haar gebaren worden steeds wilder. Haar rug is nat, haar hersenen werken koortsachtig. Waar is dat stomme ding gebleven?

Ze zoekt zelfs in de kast onder de trap, ze schuift de muur van verhuisdozen opzij.

Het mobieltje is nergens te vinden.

Gustaaf Jelle

I

Maandag 21 maart

Zodra hij wakker wordt, weet hij wat hij vandaag gaat doen. Hij gaat zich ziek melden. 'Maagkrampen en buikloop,' zegt hij tegen de collega die de melding aanneemt.

'Het heerst,' meldt de collega. 'Ziek maar goed uit.'

Hij heeft het hele weekend gewacht op een nieuw bericht van Ellis en alle sms'jes van Minoes genegeerd. Alleen toen ze weer begon aan te dringen op contact heeft hij haar gebeld en gezegd dat Ellis 's avonds thuis zou komen en hij zich nog steeds ziek voelde. Als hij een paar boterhammen uit de vriezer haalt, denkt hij er weer aan. Hij haat smoezen verzinnen en nu doet hij dat twee keer binnen een paar dagen. Over de ziekmelding voelt hij zich het minst bezwaard. Hij is nooit ziek, dus dat moet een keer kunnen. Zijn gedrag ten opzichte van Minoes is minder goed te verantwoorden. Dat was meer dan een smoes, dat was een leugen. Hij heeft een gruwelijke hekel aan mensen die liegen. Zou dat de reden zijn dat hij zich zo onrustig voelt door de afwezigheid van Ellis, het feit dat ze vage berichten stuurt over iemand van wie hij niet eens weet hoe ze eruitziet? Of ze wel bestaat?

Liegt Ellis? Maakt de mogelijkheid dat ze bezig is hem een kunstje te flikken hem zo narrig ten opzichte van Minoes? Wat voelt hij eigenlijk voor Minoes? Hij kijkt naar zijn eigen gezicht als hij zich voor de spiegel in de

74

badkamer staat te scheren. 'Ik zie er niet jofel uit,' constateert hij.

Misschien is het een goed idee om Minoes even te bellen en iets aardigs tegen haar te zeggen.

Misschien ook niet.

Hij kan zijn onzekerheid moeilijk duiden. Waarom denkt hij nu opeens aan de waarschuwing van zijn collega? *'Als ik je een goede raad mag geven: word vooral niet verliefd. Afstand kan je redden.'*

Hij is niet verliefd op Minoes, dat weet hij zeker. Hij geilt op haar, ze hoeft hem maar met één vingertop aan te raken en hij gaat plat.

Is Minoes een vlucht? Zou haar plaats gewoon kunnen worden ingenomen door een andere vrouw? Of is de leugen die hij verzon juist een vlucht? Komt ze te dicht op zijn huid zitten, verwacht ze meer van hem dan hij wil bieden?

Ze had nooit in zijn huis en zijn bed mogen slapen. In het huis van Ellis. In het bed van Ellis.

Hoe komt hij op zulke idiote gedachten?

Genoeg aan Minoes gedacht. Het is simpel. Hij is niet verliefd en gaat het ook niet worden. Als zij meer van hem verwacht, moet hij haar duidelijk maken dat ze niet meer voor elkaar zullen zijn dan een incident. Een aangenaam, bij tijden hartstochtelijk en spannend incident. Meer niet.

De voorpagina van de krant is weer bezaaid met ellende. Hij speurt de regionale berichten af. Er staat niets vermeld over een vrouw die ergens verward is aangetroffen. Er is ook niemand vermoord. Hij schuift de krant van zich af. Dit moet anders, dit gaat niet goed. Waar is Ellis? Met wie is ze samen? Waar woont die Edith?

De vragen denderen over hem heen, hij krijgt het er benauwd van.

Hij grijpt de sporttas van Ellis en keert hem om. Er vallen een paar sportschoenen uit, een trainingsbroek en twee shirts. In een van de zijvakken zitten witte sokken en een 10-rittenkaart. Hij dacht dat ze een abonnement had. Op de kaart staat het nummer van de sportschool. Hij kan bellen, maar wat zegt hij dan? Hij denkt diep na over de vraag die hem dwarszit. Het signaal achter hem veroorzaakt direct spanning op zijn maag. Er is weer een sms'je.

Het loopt anders dan verwacht, dus ben nog even weg.

Hij gromt.

Wat is er eigenlijk aan de hand? Ben je wel bij Edith? Hoe heet ze verder?

Hier gaat hij natuurlijk geen antwoord op krijgen. Mevrouw heeft om de een of andere reden zin in een kat-en-muisspel. Is dit een test? Wil ze weten hoelang het duurt voordat hij in paniek raakt? Of probeert ze hem voor te bereiden op de entree van een andere man? Dat is een belachelijk idee. Ellis met een andere man? Dat bestaat niet.

Er is een nieuw bericht.

Lieve Gustaaf Jelle, ze heet Edith Waldorf en ze woont in Bloemendaal.

Líeve Gustaaf Jelle? Hij googelt op 'telefoongids' en zoekt Waldorf in Bloemendaal. Geen resultaat.

Uiteraard niet.

Maar ze kennen Edith ongetwijfeld op de sportschool.

Als hij in de auto zit, verwerpt hij iedere gedachte aan een overeenkomst met zijn manuscript. Het is puur toeval dat de vrouwelijke hoofdpersoon in *Wie een kuil graaft* een serie sms'jes stuurt die haar man in alle staten van paniek brengen.

Puur toeval.

Ellis weet niets van zijn boek, ze heeft zelfs nog nooit gevraagd waar hij al die uren in zijn kamer mee bezig is. Ze kan niets gelezen hebben. Ze kent het wachtwoord van zijn computer niet en hij heeft het uitgeprinte manuscript tot nu toe bewaard in de bureaula die hij kan afsluiten. Zijn linkerhand dwaalt langs zijn broekzak. De USB-stick, die hij iedere keer als hij aan het manuscript had gewerkt gebruikte om een kopie te maken, zit er nog. Hij draagt het ding altijd bij zich.

Als hij de sportschool nadert, repeteert hij in gedachten zijn verhaal weer. Zijn vrouw is gaan koffiedrinken bij een vriendin met wie ze samen sport. Die vriendin woont in Bloemendaal, maar hij weet haar adres niet en ze staat ook niet in de telefoongids. Zijn vrouw heeft haar mobieltje thuis laten liggen en daardoor is ze nu niet te bereiken. Haar moeder heeft een ernstig hartinfarct gehad en ze moeten direct naar het ziekenhuis komen. Daarom heeft hij het adres van Edith Waldorf nodig.

Er zit ongetwijfeld een of andere geit aan de balie, maar die kletst hij wel omver als ze iets in de richting van privacy begint te piepen. Een aangeslagen man die radeloos en emotioneel is, opent alle deuren. Mocht ze aanbieden het telefoonnummer van Edith te geven, dan zal hij bijna gaan janken en snotteren dat hij zijn vrouw echt zo snel mogelijk moet kunnen ophalen. Hij toetst in gedachten zijn verhaal nog even op mogelijke zwakke punten en stelt vast dat het misschien niet verstandig is om een stervende moeder op te voeren die al lang dood is. Wie weet kletst

Ellis met degene die nu net achter de balie zit en is het bekend dat haar moeder al jaren geleden haar kanker niet overleefde. Hij kan beter een algemene reden opvoeren. Een sterfgeval in de familie is veiliger.

Er is gelukkig een parkeerplaats in de buurt van de ingang. Hij controleert of er voldoende papieren zakdoekjes in zijn jaszak zitten en stapt uit. Het is te hopen dat hij geen collega van de krant tegenkomt.

Er zit inderdaad een geit achter de balie. De glimlach op haar gezicht ziet eruit alsof hij erin gebeiteld is. Ze is beleefd en ieder woord dat ze uitspreekt klinkt als een uit het hoofd geleerde tekst waar geen lettergreep van veranderd mag worden.

Gustaaf Jelle zorgt ervoor dat zijn stem breekbaar klinkt en ziet het medelijden in haar ogen. Hij hapert. Ze knikt bemoedigend. Als hij het adres vraagt, trekt ze haar schouders op en lispelt iets wat inderdaad op 'privacy' lijkt. Hij veegt met een hand langs zijn ogen.

'Ik zoek het even op,' zegt ze snel. 'U zei Edith Waldorf?' Ze typt met haar twee wijsvingers. 'Edith Waldorf,' mompelt ze, en ze kijkt hem aan. 'Die naam komt in het systeem niet voor.'

'En onder de plaatsnaam, Bloemendaal?' vraagt hij.

'Bloemendaal. Even kijken. Sorry, ook niet. Het spijt me echt. Weet u zeker dat die vriendin ook bij deze sportschool traint?'

'Ik weet niets meer zeker,' zegt hij. Hoe komt hij hier weg? 'Dank voor de moeite.' Het lukt hem zijn stem in bedwang te houden. Het liefst zou hij die geit verbaal verpletteren.

De voorjaarszon is warm in zijn gezicht. Hij staat een paar seconden stil bij zijn auto en knijpt zijn ogen dicht.

Waarom is hij hier? De vraag is lastig, zelfs irritant. Hij wil zichzelf dergelijke vragen niet stellen. Toch blijven de woorden in zijn hoofd rondzingen.

Waarom is hij hier?

Hij heeft zin om tegen de banden van zijn auto aan te schoppen.

Hij heeft zin om Ellis uit het huis van Edith Waldorf te sleuren.

Hij heeft zin om Minoes de huid vol te schelden.

En hij heeft zin om zijn vader in elkaar te beuken.

Zo is het wel genoeg. Hij gaat naar huis. Hij is ziek gemeld, dus hij heeft voldoende gelegenheid om in actie te komen.

2

Het oude wijf van links staat weer eens voor het raam te loeren. Zou zij die valse aangifte hebben gedaan? Maar waarom? Ze hebben nauwelijks contact met elkaar, groeten alleen beleefd als het nodig is.

Gustaaf Jelle loopt snel naar de voordeur en doet of hij de vrouw niet ziet. Het zal hem niet verbazen als ze de afwezigheid van Ellis allang in de gaten heeft. De gedachte doet zijn adem stokken. Dat aftandse kreng zal het toch niet in haar hoofd halen om de politie nog eens te bellen? Hij hoort zijn mobieltje rinkelen en graait in zijn binnenzak. Op de display verschijnt het nummer van Minoes. Hij aarzelt.

'Op de redactie zeiden ze dat je ziek bent. Wat is er aan de hand?'

'Buikgriep,' fluistert hij. 'Je moet me niet zomaar thuis bellen.'

'Kan ze ons horen?' De besmuikte lach van Minoes maakt hem driftig. 'Spannend, toch?'

'Laat me met rust,' blaft hij, en hij drukt op de rode toets.

Zijn besluit staat vast: hij gaat in de aanval. Als Ellis hem iets duidelijk wil maken, doet ze dat maar rechtstreeks. Ze kan hem recht in zijn gezicht zeggen dat ze van hem af wil. Hij is dit gedonder spuugzat. Terwijl hij hardop zijn openingszinnen repeteert, voelt hij de onaangename trilling in zijn benen. En in zijn handen. En in zijn maag. Hij maakt een sms-bericht.

Ellis, ik heb geen zin in dit spel. Op je sportschool is geen Edith Waldorf bekend en haar naam is ook niet in het telefoonboek te vinden. Bij wie ben je? Met wie? Word eens duidelijk en zeg wat je van plan bent.

Hij verzendt het bericht en legt zijn mobiel op de eettafel. Bij de buren knalt luide muziek door de kamer. Hoort hij het goed, weer Hazes? Wat is dat toch met die Hazes?

Als hij naar de keuken loopt, hoort hij achter zich het signaal van een nieuw bericht. Hij voelt dat zijn hart bonst als hij het opent.

Woensdagmiddag om 2 uur bij La Place. Ik leg je graag uit wat er aan de hand is.

Misschien is het verstandig om zich morgen weer beter te melden. Hij voelt zich toch een beetje bezwaard tegenover zijn collega's. Wat moet hij thuis doen? De angst die zich ergens in zijn achterhoofd aan het nestelen was, lijkt ongegrond. Er is niets met Ellis gebeurd, ze leeft en wil hem spreken. Woensdagmiddag om twee uur bij La Place.

Hij kan zich niet voorstellen dat er een andere man in het spel is. Ellis is altijd sterk op hém gericht geweest. Dat streelde hem. En stootte hem af. Toen Minoes hem onlangs vroeg hoe hij zijn vrouw heeft leren kennen, ontweek hij een antwoord. Ze verweet hem dat hij altijd dook als ze iets over zijn huwelijk wilde weten en dat gesprek ontaardde in ruzie. Later vertelde hij dat Ellis receptioniste was geweest bij de krant waar hij stage liep en dat hij haar op een nieuwjaarsreceptie tegen het lijf was gelopen. Toen bleek dat Minoes dit al lang wist, laaide de ruzie nog eens op.

Terwijl hij een espresso maakt, stelt hij vast dat de relatie met Minoes wordt getekend door heftige confrontaties en dat de relatie met zijn vrouw daar op een goedmoedige manier doorheen kabbelt. Ook al reageert hij regelmatig geprikkeld en afwijzend op haar voorstellen en uitspraken, het wordt nooit ruzie. Het is gewoon altijd saai. Ze raakt hem niet, ze brengt niets in hem teweeg wat ook maar riekt naar emotie. Toch houdt haar afwezigheid hem bezig en meer dan hem lief is. Hoe kan dat toch?

Ze is een aardig mens, Ellis. Ze is echt aardig, ze claimt hem niet en ze zorgt goed voor hem.

De gedachte is te walgelijk voor woorden. Niemand hoeft voor hem te zorgen, daar heeft hij echt niemand voor nodig. Toch denkt hij het.

Ze is lief, Ellis. Veel te lief voor hem. Ze accepteert zijn sombere buien, ze zwijgt als hij haar uitkaffert, ze verdwijnt als hij aangeeft dat ze hem in de weg loopt.

Ze spreekt hem nooit tegen. Is dat het probleem, dat ze nooit tegengas geeft? Voelt hij zich daarom zo vaak genoodzaakt om dingen tegen haar te zeggen die hij eigenlijk niet meent? Is het een gebrek aan vuurwerk in hun relatie? Zoekt hij daarom Minoes op, omdat hij met haar de strijd kan aangaan?

Hij wordt nog onrustiger dan hij al was van al die vragen.

Hij kan echt beter gaan werken.

De onrust schijnt niet van plan te zijn zich terug te trekken. Er duiken voortdurend herinneringen op, die hem aanwakkeren. Vooral de herinneringen aan de eerste tijd dat hij samen was met Ellis, aan haar ongeplande zwangerschap, aan het verlies van hun baby vallen hem lastig. Hij probeert zichzelf voor te houden dat het verleden tijd is en een definitief gepasseerd station. Hij voelde zich een onbeholpen klootzak toen het hem niet lukte haar te troosten. Hij had spijt en was opgelucht, maar zorgde er angstvallig voor dat ze daar niets van merkte. En ze verweet hem niets.

Zou een verwijt hebben geholpen?

De espresso is koud geworden en hij maakt een nieuwe. Zijn ogen dwalen door de keuken en bekijken de inrichting. Alles is design, straalt duurzaamheid en klasse uit zonder poenerig te zijn. De erfenis werd aan Ellis bekendgemaakt op de dag dat hij besloot haar te vertellen dat hij wilde scheiden. Ze had nauwelijks contact met de zus van haar overleden moeder, maar ze was wel haar enige erfgenaam en werd op een zonnige dinsdag in de lente zomaar multimiljonair. 'Nu wordt alles anders,' zei ze hoopvol.

De verwarming staat weer te laag. Gustaaf Jelle wrijft zijn vingers over elkaar en leest nog een keer het laatste bericht.

Woensdagmiddag om 2 uur bij La Place. Ik leg je graag uit wat er aan de hand is.

Hij vloekt. Dit pikt hij niet, hij laat zich niet op deze manier behandelen. Zijn vingers zijn nog steeds koud, maar het lukt hem toch een nieuw bericht te maken.

Ik stel voor dat je gewoon thuis komt vertellen wat je te zeggen hebt.

Hij wacht.

Zijn mobiel zwijgt.

3

Dinsdag 22 maart

Vanaf het moment dat hij vanmorgen wakker werd, is hij bezig geweest met zijn manuscript. Hij leest en herleest hoofdstukken en ontdekt iedere keer woorden die er eerder niet in voorkwamen. Dat kan niet en hij neemt het zichzelf kwalijk dat hij dergelijke conclusies trekt. Het is een vreemde en vooral een vervelende ervaring, de tekst is niet meer vertrouwd. Zou dit erbij horen? Overkomt dit iedere schrijver?

Annabel Schot houdt op haar website een blog bij. Tot nu toe las hij daar vluchtig iets van, de woorden hadden altijd moeite om de snelheid van zijn ogen bij te houden. Vandaag vreet hij de stukken bijna op. Hij leest een passage over het coldturkeygevoel na het afsluiten van een verhaal en de afstand die is ontstaan na een leespauze. Zij heeft het dus ook. Ze noemt het de inleiding tot het definitieve afscheid.

Er komt een ambulance met loeiende sirene aan, het geluid wordt steeds sterker. Het is nu heel dichtbij. Gustaaf Jelle loopt naar het raam aan de straatkant en ziet dat de ambulance stilstaat voor het huis van de buren links. Twee mannen in felgekleurde pakken rennen de tuin in. Er verzamelen zich onmiddellijk mensen op het trottoir. Hij blijft voor het raam staan en wacht. In zijn hoofd gebeuren vreemde dingen. Er verschijnt een beeld voor zijn

ogen dat hij niet wil zien. Uitpuilende ogen, een openge-
sperde mond. Handen met wijd uiteen staande vingers.

Het is heel lang geleden dat deze herinnering hem op-
zocht. Hij kende Ellis een halfjaar, het was een vrijdagavond en ze zakten door in een kroeg. De drank maakte
hem sentimenteel en jankerig. Het was die dag vijftien
jaar geleden dat zijn moeder stierf en hij kon niet ophouden met erover te vertellen. Later heeft hij zich vaak afgevraagd hoe het kwam dat hij juist op die dag, in die
kroeg, tegen die vrouw zijn hart wilde luchten. Hij kon
zich niet voorstellen dat het alleen door de alcohol kwam.
Wat ook de oorzaak was, hij hoorde zijn eigen klaagzang
en was niet opgewassen tegen de spreekdrang die bezit
van hem nam. Hij werd het kind van negen dat wreed in
zijn spel werd gestoord door geschreeuw ergens in huis. Er
waren vreemde mannen, een buurvrouw en haar dochter.
Men probeerde zijn vader tegen te houden toen die zich op
zijn vrouw wilde storten. 'Let op je kind,' zei de dochter
van de buurvrouw en ze wees naar hem.
  'Wat is er met mama?' vroeg hij.
  Later vertelde zijn oma dat zijn moeder plotseling was
doodgegaan, omdat haar hart een beetje ziek was. 'Waarom is ze dood als het maar een beetje was?' wilde hij
weten. Hij stelde veel meer vragen, maar niemand gaf een
duidelijk antwoord. Het werd sinterklaas en er waren
geen cadeaus. 'Dat kan niet, je moeder is pas dood,' legde
zijn oma uit. Hij nam het zijn vader kwalijk dat hij niets
had gekocht. En daarna was hij plotseling veertien,
woonde er een nieuwe moeder in huis en was hij zo weinig mogelijk met haar samen. Er zat een gat van vijf jaar
in zijn geheugen, met slechts flarden van herinneringen.

Ellis luisterde zonder hem in de rede te vallen. Toen hij zweeg, streek ze met haar vingertoppen over zijn hand. 'Je kunt het niet iedere vrouw die in je leven komt kwalijk nemen dat je je moeder te jong hebt verloren,' zei ze.

Toen had hij weg moeten gaan.

Zijn keel is kurkdroog. Hij loopt naar de keuken en drinkt een glas water. Het beeld van zijn verwarde vader en de sussende ambulancebroeders, van strakke gezichten en medelijdende blikken in zijn richting, ebt langzaam weg. Hij drinkt nog een glas en maakt een afwerend gebaar met zijn handen. Het wordt tijd dat hij de regie over zijn gedachten weer overneemt. Zou de ambulance er nog staan? Hij besluit niet te gaan kijken.

Het manuscript irriteert hem opeens. Hij pakt het op en legt het in de kluis. Misschien kan hij het daar beter een tijdje laten liggen. Even afstand nemen, er niet mee bezig zijn. Eerst de kwestie Ellis oplossen. Als ze wil scheiden, gaat hij niet moeilijk doen. Hij zal een huis zoeken en vertrekken. Hij had al jaren eerder moeten vertrekken, misschien had hij hier zelfs nooit moeten wonen. De conclusie maakt hem kalm. Het klopt, hij had hier nooit moeten wonen. Hij had de bewuste avond van zijn biecht alleen naar huis moeten gaan. Hij had zich niet moeten laten inpakken door de meest slome doos die hij ooit heeft ontmoet, hoe aardig en lief ze ook is. Hij had zich niets moeten aantrekken van de reactie van zijn vader, toen hij haar aan hem voorstelde.

'Zwanger, zeg je? Ik neem aan dat je wel het fatsoen hebt om met haar te trouwen?'

Als hij de kluis sluit, voelt hij zich opgelucht. Ellis mag haar besluit bekendmaken en wat hem betreft neemt ze er drie stukken hartige taart bij. Binnenkort gaat hij serieus op zoek naar een uitgever, onder pseudoniem. Het moet een lekker in het gehoor liggende, puur Nederlandse naam worden. Een uitnodigende naam, misschien een beetje sexy. Hij zou de naam van zijn moeder kunnen gebruiken. Op het moment dat deze gedachte in hem opkomt, verwerpt hij haar al.

Annabel

I

Kanker, ik heb je iets te melden en ik duld geen tegenspraak. Je wordt lastig en opdringerig en je schijnt niet te beseffen dat je al eerder langs bent geweest, met desastreuze gevolgen. Doe maar niet zo verwonderd, je weet heel goed waar ik het over heb. Je hebt mijn linkerborst genomen, je bent ongewenst binnengedrongen om je woekerlust te bevredigen. Je hebt van mij een mismaakt mormel gemaakt. Mijn bovenlijf is aan de linkerkant plat en wordt ontsierd door een vette rode striem, ook wel litteken genoemd. Ik heb er één keer naar gekeken, daarna nooit meer. En niemand in mijn omgeving heeft dat kwetsbare, maar vooral kwetsende deel van mijn lichaam ooit gezien. Ik slaap nooit naakt en als ik vrij, hou ik een hemdje aan. De borstherstellende operatie heb ik geweigerd. Geen mes meer in mijn lijf, geen ingreep meer in het verwoeste stuk. Mijn trots is genoeg gekrenkt – beter gezegd: geknakt.

Ik was dertien toen de langverwachte welving eindelijk te zien was. Mijn drie vriendinnen droegen al een bh en ik bleef maar plat. Ik snakte naar borsten en masseerde elke dag een paar keer de plekken waar ze moesten komen. Ze werden nooit groot, maar waren wel stevig. Ze waren van mij en jij hebt er een geroofd. Nu wil je méér, je wil alles wat er te graaien valt. Donder op, sodemieter sodekletter sodefucker op! Ga een ander lastigvallen, er is keuze genoeg. Ik kan met mijn ogen dicht een hele serie misbaksels aanwijzen die in aanmerking komen, dus zoek een straatje verder en laat mij met rust. Ik moet je niet, ik heb je niet uitgenodigd en ik wil dat je verdwijnt.

Begrepen?

Felix wringt zich in allerlei bochten om het onderwerp ziekte en verval bespreekbaar te maken. Ik heb gezegd dat ik overal over wil praten, behalve over kanker. Omdat hij niet welkom is. 'Is kanker mannelijk volgens jou?' vroeg mijn man.

Nee, vrouwelijk, nou goed? Soms vraag ik me af waarom de evolutie er niet op heeft aangestuurd om alleen vrouwen te creëren. Dat was toch slechts een kwestie geweest van een andere vorm van bevruchten? Met alleen vrouwen zou de kanker nooit een kans hebben gekregen. Vrouwen bedenken zulke ziektes niet. Ik zei dit tegen M zonder erbij te melden dat het over mij ging. Ze riep dat dit idee een mooi gegeven kon zijn voor een verhaal. M ziet overal verhalen, verder ziet ze niets. Ze ziet niet hoe ik worstel om aan jou te ontkomen. Ze ziet niet dat je me overal weet te vinden. En ze weet niet dat de woede die jij veroorzaakt het kookpunt nadert.

Trek je terug, secreet, anders vallen er doden. Ik begin bij de mollige Ellis en ik gebruik mijn oude hockeystick. Heb je het begrepen? Lach me niet uit, onbetrouwbare klootzak. Je weet dat ik het spel van begin tot einde heb meegespeeld. Eerst die amputatie, daarna de chemo en vervolgens vijf jaar lang de controles. Steeds de angst dat ze opnieuw iets vinden en dan eindelijk het verlossende woord: schoon. SCHOON, hoor je me? Kanker passé défini. Dus daag me niet uit, want ik lust je rauw.

2

Ik probeer zo vaak mogelijk iets op mijn website te melden over de voortgang van mijn nieuwe manuscript. Dat heeft me al enkele mailberichten opgeleverd van collega's die dachten dat ik een writer's block had. Ik kon de teleurstelling achter hun woorden lezen.

Ik speel dit spel serieus en doordacht, al heb ik moeite met mijn concentratie. Wat was het een goed idee om een actieschema te maken. Dat geeft me overzicht en het fungeert tegelijk als een geheugensteun. Toch heeft het schema ook beperkingen. Er zitten geen uitwijkmogelijkheden in bij onverwachte situaties, zoals dat stompzinnige idee van Ellis de Volte om met het hele avontuur te stoppen. Mevrouw ziet het niet meer zitten om haar man te bestelen, ze is bang voor represailles. Alsof die hangbuik in staat is om iets te ondernemen wat serieus te nemen valt. Die rent al weg bij het eerste sinistere telefoontje of sms'je. Hij is een lafbek, een wegloper, en dat weet zij als geen ander. Ze heeft zelf aan Felix verteld dat hij na de dood van zijn moeder is ingestort en nooit meer de oude is geworden. Meneer heeft zich vastgepind op onverwerkte rouw. Als hij een vrouw was, zou hij als een hysterica worden bestempeld. Maar ja, hij is een man en mannen kunnen dergelijk gedrag zonder problemen jaren volhouden. Ze vinden altijd wel een kut op wielen die zich over hen ontfermt en de verloren mama compenseert. Nee, Gustaaf Jelle de Volte komt echt niet in actie als zijn geesteskindje wordt geroofd. Die zakt weg in de diepste put die hij kan vinden en gaat snel op zoek naar de volgende tiet om leeg te zuigen. Alle mannen zijn tietenzuigers, meneer kanker voorop. Het zijn zuigers en vernielers tegelijk, misdadige componenten van de samenleving. Ook Felix, zelfs Felix. Hij laat me in de steek, hij is zich al aan het concentreren op een vervangster. De toekomstige lege plek in bed benauwt hem, de gedachte aan een leven zonder partner maakt hem bang. Hij is al gevlucht, terwijl ik nog leef. Hij kan barsten. Ik richt me op M, zij is nu alles wat ik nodig heb. Ik stuur haar aan de lopende band berichten en ik ga net zo lang door tot ze toegeeft dat ze alleen bij mij wil zijn. Ze is van mij, alleen van mij. Ik wil haar met niemand delen.

Het valt me mee dat Felix in actie is gekomen toen die Ellis begon tegen te sputteren. 'Ik heb haar mobieltje meegenomen,' zei hij. 'Voor de zekerheid. We moeten contact kunnen houden met GJ en ik stel voor dat jij dat regelt.' Ik heb niet geprotesteerd en een afspraak met mijn vijand georganiseerd. Hij denkt dat hij zijn vrouw gaat ontmoeten en opening van zaken krijgt. Ik heb het slim gespeeld, al zeg ik het zelf. Het is alleen moeilijk om de tijd in de gaten te houden. Iedere morgen vraag ik me af welke dag het is. De ochtendkrant brengt uitkomst, maar later op de dag raak ik het overzicht weer kwijt. Mijn gedachten zijn regelmatig een chaos, ik haal zaken door elkaar volgens Felix. M laat momenteel niets van zich horen. Dat voelt niet goed. Zou ze een ander hebben? Word ik haar te veel? Ze mag me niet in de steek laten, niet nu.

Als ik me onzeker voel, haal ik altijd de recensiemap te-voorschijn en lees het positieve deel. Dat is goed gevuld, beter dan het negatieve. Toch grijp ik momenteel steeds naar de laatste recensie van De Volte. Hij heeft mijn ver-haal geslacht, hij heeft mij tot op het bot geraakt met zijn vileine tekst over de inspecteur die haar kind verloor. Toen ik aan het manuscript werkte, had ik nog één controle-onderzoek te gaan en juist dat onderzoek veroorzaakte de grootste angst. Ik durfde niet te geloven dat de uitslag goed zou zijn. Ik vermeed het woord dat alle twijfel zou wissen. Schoon. En ik schreef het verdriet over het verlies van mijn borst, mijn mooie stevige vrouwelijke maatje, van me af. Ik maakte van die borst het kind dat werd weg-gerukt en vond zonder problemen de woorden die nodig waren om het verdriet te beschrijven. Het was mijn beste boek tot nu toe en Gustaaf Jelle de Volte vond het nodig de sfeer, de boodschap en de noodzaak van het verhaal te vermoorden. Hij vertrapte niet alleen het boek, hij ver-trapte mij. En toen hij me aansprak bij dat diner en me met die onsmakelijke glimlach op zijn smoel meende te moeten melden dat hij een geweldig manuscript voor me in petto had, wist ik wat ik moest doen. Hij fluisterde iets over een gefrustreerde recensent, nooddruft, overspel, geile gekte, een ontvoering waar ieder spoor doodliep en een bloedstollende finale. Hij had niet in de gaten dat zijn verhaal al op straat lag en dat zijn eigen vrouw daarvoor had gezorgd. Hij had nooit kunnen vermoeden dat hij daar bij dat buffet het doodvonnis van zijn vrouw tekende.

Felix zegt dat we de zaak overzichtelijk moeten hou-den. Hij zegt ook dat hij de relatie met Ellis wil verbre-ken als we het manuscript in handen hebben. Waarschijn-lijk wacht hij een paar weken, tot we het hele pakket veilig hebben gesteld en het werk naar de drukker is. Misschien hoopt hij dat ik gelijk had toen ik zei dat er volgens mij een foute diagnose was gesteld. Misschien klopte dat ook, ik wil dat vandaag in ieder geval geloven. En morgen, en overmorgen, tot we Gustaaf Jelle de Volte naar La Place hebben gelokt en hem daar een tijdje hebben laten zweten. Totdat we ons doel bereikt hebben. Verder hoop ik nog niet, maar dat komt ook doordat mijn overzicht niet verder reikt. De pijn is momenteel te verdragen. Het illegale amfetaminederivaat houdt me overeind. Ik laat me niet kisten. Nog lang niet. En ik beweeg mee met de uitspraken van Felix, ik zorg dat ik opgelucht lijk als hij zegt dat hij Ellis laat lopen, ik stel geen moeilijke vragen en ik doe geen enkele uitspraak die betrekking heeft op mijn besluit. Want mijn besluit staat vast. Deze vrouw gaat eraan. Haar man wordt de voor de hand liggende dader. Ik zorg ervoor dat hij zeer binnenkort ergens in Bloemendaal wordt gesignaleerd en dan een verwarde indruk maakt. Hij is voor mij, dat onderkruipsel. Die moordenaar van mijn gevoel.

Hij gaat op zijn knieën.

Ellis

I

Maandag 21 maart

Zodra hij de sleutel in het slot steekt, staat ze achter de deur en eist een verklaring voor de afwezigheid van haar mobieltje.

Hij loopt de woonkamer in en kijkt haar aan. 'Dat heb ik meegenomen.'

Het antwoord komt onverwacht hard aan. Ellis krabt aan haar vingers. 'Waarom?' Alle tekst die ze in voorraad had is weg, ze heeft alleen nog dat onnozele 'waarom' tot haar beschikking. Ze probeert een betere vraag te formuleren.

'Er is iets wat je moet weten,' zegt Felix.

Hij kijkt haar niet aan als hij het vertelt. Zijn stem is vlak, het verhaal komt als een klankloze dreun tevoorschijn. Dat valt Ellis het meeste op, de afwezigheid van emotie, waardoor hij afstand schept. Ze probeert te begrijpen wat hij zegt.

Het gaat over Annabel. Ze is terminaal ziek en ze heeft zich opgesloten in de kanker die haar lichaam beheerst. Het is een uitgezaaide borstkanker en ze praat over haar ziekte alsof die een man is. Ze lijkt een verbond met hem te hebben gesloten. Hij heeft de plaats ingenomen van Felix, hij geeft haar adviezen en ze is ervan overtuigd dat deze adviezen bindend zijn. Officieel bevinden de uitzaaiingen zich in haar botten, maar Felix heeft sterk de indruk dat haar hersenen al stevig zijn aangetast. Er zit

een absoluut verbod op de bekendmaking van haar naderende dood. Zelfs haar uitgever weet van niets. Geen van
hun vrienden is op de hoogte en ook de vrouw met wie ze
al geruime tijd iets heeft, is nog steeds niet ingelicht. Het
heeft maanden geduurd voordat ze zijn dringende advies
zich eens goed te laten onderzoeken om de reden voor haar
chronische vermoeidheid en pijn in haar rug te achterhalen serieus nam. Haar huisarts verwees haar direct door
naar de oncoloog en kwam persoonlijk haar doodsbericht
afleveren. Dat is nu een paar weken geleden en sinds die
dag heeft Annabel maar één doel voor ogen: de wereld verrassen met een nieuw boek. Een ongelukkig detail van
deze wens is het ontbreken van zelfs maar een eerste zin.
Maar vanaf het moment dat ze door Gustaaf Jelle de Volte
werd aangesproken is dat voor haar geen probleem meer.
En omdat Felix toen ook al van Ellis had gehoord dat ze
haar man graag een loer wilde draaien, heeft hij Annabel
beloofd dat hij alles op alles zou zetten om het felbegeerde
manuscript in handen te krijgen.

'Ik ben bang dat ze niet eens meer meemaakt dat het
boek verschijnt,' zegt hij.

Nu is er wel iets in zijn stem te horen, maar toch blijft
de afstand bestaan. Ellis durft hem niet aan te raken. Ze
probeert hem aan te kijken, maar hij ontwijkt nog steeds
haar ogen. 'Ik raakte in paniek toen jij begon te zeggen
dat je het plan wilde cancelen. En ik kan haar onder deze
omstandigheden niet in de steek laten. Ze gaat dood en
ook al voel ik veel voor jou, ik wil mijn verantwoordelijkheid voor haar niet zomaar aan de kant zetten. Ik heb
dus je mobieltje meegenomen en vanmorgen de nieuwe
berichten verstuurd. Hij begint volgens mij in paniek te
raken, je man. Hij is naar de sportschool gegaan en heeft

geprobeerd te achterhalen waar Edith Waldorf woont. Het sms'je dat hij daarna stuurde maakte dat duidelijk.' Felix haalt het mobieltje van Ellis tevoorschijn en zoekt een bericht op. 'Dit was een uur geleden het bericht dat hij stuurde. Lees zelf maar.'

Ellis tuurt naar de letters die op de display staan.

Ellis, ik heb geen zin in dit spel. Op je sportschool is geen Edith Waldorf bekend en haar naam is ook niet in het telefoonboek te vinden. Bij wie ben je? Met wie? Word eens duidelijk en zeg wat je van plan bent.

'Ik heb een bericht teruggestuurd waarin staat dat hij woensdagmiddag om twee uur naar La Place moet komen en daar te horen zal krijgen wat er aan de hand is.'

'Hè? Moet ik daar dan komen opdraven?'

Eindelijk is er iets terug te zien van de oude Felix. Hij glimlacht en raakt haar gezicht aan. 'Nee, natuurlijk niet. Jij hoeft helemaal niets anders te doen dan nog even hier te blijven en af te wachten. En mij te vertrouwen.' Hij pakt haar stevig vast en kijkt haar aan. 'Help me, alsjeblieft. Laat me niet in de steek.'

'Gustaaf Jelle pikt het echt niet. Zelfs al lukt het je om dat manuscript mee te nemen, hij zal aangifte doen.'

Felix laat haar los. 'Vergeet niet dat jij nog steeds zomaar verdwenen bent.'

'Hij krijgt sms'jes van me. Daarmee kan hij toch aantonen dat ik ergens ben?'

'Wie garandeert dat hij je mobiele telefoon niet heeft en die berichten zelf verstuurt?'

Ellis schrikt. Hij ziet het en pakt haar weer vast. 'Niet schrikken, het is een spel, weet je nog? Dat heb ik toch vanaf het begin tegen je gezegd?'

'Je zei ook dat het erop moest lijken dat zijn eigen verhaal werkelijkheid werd.'

Felix heft zijn hand op. 'Hij moet zijn eigen verhaal herkennen en het gevoel krijgen dat er iets onherstelbaars met jou gaat gebeuren. Bijvoorbeeld het onherstelbare element uit zijn eigen boek. Die wensgedachte. Dat was het toch volgens jou, een wensgedachte?'

Ellis haalt haar schouders op.

Felix klemt zijn handen om haar gezicht. 'Kijk me aan en luister goed. Je zei het al: het moet erop lijken. Zijn ambitie om de wereld met dit boek te veroveren moet dalen tot het absolute nulpunt. Het verhaal moet zijn vijand worden, meer niet. Er is echt niets aan de hand. Als hij woensdag in La Place zit, gebruik ik de sleutel die je me hebt gegeven en Annabel staat op de uitkijk. We zorgen er echt goed voor dat we onherkenbaar zijn, voor het geval dat je nieuwsgierige buurvrouw staat te loeren. En we tippen ook nog even anoniem de politie over jouw toch opvallende afwezigheid. We richten de aandacht op je man en zorgen ervoor dat hij een verdacht figuur wordt. Laat hem maar zweten, laat hem maar verzuipen in zijn eigen onzekerheid. Ik durf je te garanderen dat hij niet snel naar de politie loopt om aangifte te doen van diefstal van zijn manuscript. Hoe verklaart hij later dat hij dit allemaal zelf eerst heeft opgeschreven? Die vraag moet hem bezighouden. Hij moet het benauwd krijgen van zijn eigen wensgedachte.'

'Je kent hem niet,' zegt Ellis. Ze wil dat Felix zwijgt, ze wil niet nog meer informatie krijgen over de ziekte van Annabel. Ze wil het hele plan alsnog afblazen.

'We zijn er bijna,' zegt Felix. 'Ik ben blij dat je me helpt.'

2

Felix is weer naar Annabel gegaan, maar niet voordat hij Ellis door het hele huis heen heeft gevreeën. Ze staat onder de douche en draait de thermostaatkraan verder open. Het water moet heet zijn, zo heet mogelijk. De kou in haar lijf laat zich moeilijk verdrijven. Ze rilt, ondanks de warme stortvloed, die een kletterend geluid veroorzaakt. Ze vraagt zich af waar haar tranen vandaan komen.

Het vrijen was goed. Hij was attent voor haar, bezorgd en teder. Hij zei voortdurend dat het vandaag Ellis-verwendag was en dat dit pas de eerste keer zou zijn. 'De dag is nog lang niet om,' fluisterde hij in haar oor. 'Nog lang niet. Bereid je voor op een paar herhalingen.'

Ze liet hem begaan en gedroeg zich passief. Dat leek voor hem een uitnodiging om zich uit te sloven. Ze dacht steeds hetzelfde: dit is fijn, hier moet ik van genieten. En tegelijk vroeg ze zich af met wie hij precies aan het vrijen was.

Ze wil ophouden met huilen.

Ze huilt veel, de laatste tijd. Te veel naar haar zin. Te gemakkelijk, met te weinig reden.

De afvoer van de douchecabine kan de waterstroom niet verwerken. De bak loopt vol. Ze draait de kraan dicht en kijkt toe terwijl het water langzaam verdwijnt. Haar huid gloeit en toch rilt ze nog steeds.

Er zijn geluiden in de achtertuin. Ellis loopt naar de kleine slaapkamer aan de achterkant van het huis en stelt zich onzichtbaar op achter de lange vitrage. Er lopen twee mensen in de tuin. 'Het is een ruim perceel,' roept een van hen. Ellis ziet dat het een vrouw is met een leren map in haar handen.

Even later slaat de voordeur van het buurhuis met een klap dicht. De bezichtiging is blijkbaar voorbij. Wat zou de vraagprijs zijn voor dit pand? Ellis besluit dat ze zich daar niet mee bezig gaat houden. Ze heeft andere dingen aan haar hoofd. Hier wegkomen, bijvoorbeeld. Een goed plan bedenken, dat ook.

Felix heeft berichten gestuurd met háár telefoon. Woensdag moet het gebeuren. Overmorgen. Ze heeft het gevoel dat de zaak haar uit de handen glipt.

Ze kan nog ingrijpen. Ze kan hier weggaan en Gustaaf Jelle laten weten welk plan er was en waarom. Ze kan hem waarschuwen en de diefstal voorkomen. Dan is ze Felix kwijt. En dan?

Ze kan het niet uitstaan dat ze hier geen goed antwoord op weet.

Het verhaal over Annabel is hard aangekomen. Ze was van plan het snel te vergeten. Wat moet zij met de wetenschap dat de vrouw van Felix terminaal ziek is? Ze kent haar niet persoonlijk en dat moet zo blijven. Ze heeft zich vanaf het begin van haar relatie met Felix voorgenomen om hem de gelegenheid te geven zo soepel mogelijk te scheiden. Ze zou zich op de achtergrond houden, vooral omdat Annabel vroeg of laat zou ontdekken dat zij de vrouw was van de recensent die haar meerdere keren grof beledigde. Ze had daar de prijs van gedwongen anonimiteit voor willen betalen. Van haar zou niemand last hebben, zij wilde geen aanstoot geven. Nu ze aan al haar voornemens terugdenkt, komen er opeens herinneringen naar boven. Ze wil ze omzeilen, maar ze gaan niet weg. Ze sluit haar ogen en ziet haar moeder voor zich staan. 'Zorg jij er wel voor dat je niet de verantwoordelijkheid voor mijn ziekte op je nek neemt?' drong haar moeder aan. 'Je bent veel te snel geneigd je ergens schuldig over te voelen. Je hoeft echt niet voortdurend met de rest van de wereld rekening te houden. Word eens wat minder aardig, schaf dat oeverloze begrip voor iedereen toch eens af.' De herinneringen buitelen over elkaar heen, ze wil haar gedachten stilzetten. Later, toen er nauwelijks meer een zinnig gesprek met haar moeder te voeren viel, was ze alleen maar aanhankelijk. Ze kroop tegen Ellis aan en nestelde zich in haar armen. De rollen waren omgedraaid en dat was goed en tegelijk verschrikkelijk verkeerd.

Kanker. Die nietsontziende, gewetenloze killer. Hij heeft het nu voorzien op Annabel Schot. Gustaaf Jelle zal een nieuw slachtoffer moeten zoeken op wie hij zich kan uitleven.

Ze huilt al weer, maar nu is het goed. Ze mag huilen, ze mag haar moeder missen, ze mag zich ongelukkig en onzeker voelen. Het mag allemaal.

Ze mag zich vooral druk maken om iets anders dan de onzekerheid die haar vandaag in beslag neemt. Die wil ze kwijt, daar moet ze snel vanaf zien te komen. Woensdag gaat het gebeuren. Laat ook maar, wat maakt het uit? Ze hoeft zelf niets te doen, de regie is in handen van Felix. Hij wil zijn vrouw in de laatste periode van haar leven gelukkig maken met een gestolen manuscript. Wat zei hij precies? Dat ze de publicatie waarschijnlijk niet eens meer kan meemaken. Wat een sensatie zal dat zijn, een postume uitgave van haar laatste werk. Dat kon wel eens een enorme verkoop betekenen. Daar zal Felix de financiële vruchten van plukken. Die gedachte is vreemd.

Niet goed.

Ze zou met iemand willen praten. Met Ineke of Hidde. Gewoon even praten, vragen hoe het met ze gaat, informeren wat Hidde met zijn verjaardag doet. Niets zeggen over haar tijdelijke verblijf in een gehuurde woning in Bloemendaal. Maar ze kan met niemand praten, want ze heeft geen mobiele telefoon meer. Dit overkomt de hoofdpersoon in het boek van Gustaaf Jelle ook. De vrouw raakt daardoor in paniek en ze begint op een bepaald moment haar minnaar te pushen haar telefoon terug te geven. Hij brengt dan een nieuw mobieltje voor haar mee. Dat stelt haar gerust. Tot ze in de tuin van het huis waar ze tijdelijk verblijft haar eigen hangmat ziet.

Ellis rent naar de keuken en draait met trillende vingers de sleutel in het slot van de achterdeur om. Ze gooit de deur open en loopt de tuin in. In het midden van de tuin staat een appelboom. Daarachter ziet ze drie massieve kastanjes. Geen hangmat. Ze wrijft haar handen over elkaar. Het is fris, ze kan beter weer naar binnen gaan. Waarom staat ze hier? Natuurlijk is hier geen hangmat, dat is de situatie in het boek. Dat is fictie. Dat zal fictie blijven.

Ze rent weer naar binnen en draait de sleutel om. Nu is het genoeg, nu moet ze ophouden met zichzelf gek maken. Ze zal niet tegenwerken. Maar ze wil wel een nieuwe telefoon.

Gustaaf Jelle

I

Woensdag 23 maart

Het geluid dringt heel langzaam tot hem door. Hij denkt aanvankelijk dat hij droomt en beter wakker kan worden. Maar hij is wakker en beseft dat het kabaal hem heeft gewekt. Hij hoort de voordeurbel. Wat is dat een rotherrie, hij moet iets aan die bel doen.

Het is weer die loensende agent, nu in gezelschap van een vrouw. Hoewel, vrouw... Het potige soort van het zwakke geslacht, waarschijnlijk een pot van jewelste. Ze staan in de gang eer hij er erg in heeft.

De melding kwam een uur geleden binnen. Ze kunnen niet zeggen wie er heeft gebeld. 'Het zullen mijn buren wel weer zijn,' stelt Gustaaf Jelle vast. 'Waren het die van links of die van rechts?' De zwijgende agenten zijn gruwelijk irritant. 'Links was gisteren iets gaande. Er stond een ambulance voor hun deur. Ik heb me er niet mee bemoeid.'

De vrouwelijke agent probeert dwars door hem heen te kijken. Hij slaat zijn ogen niet neer. 'Wat was er deze keer te melden?' wil hij weten.

'Is er iets met uw vrouw aan de hand?' De vraag die de loenserd stelt, voelt aan als een klap in Gustaaf Jelles gezicht.

'Mijn vrouw zit een paar dagen bij een vriendin. Ze houdt zich daar schuil om mij onbekende redenen. Ik be-

grijp dat haar afwezigheid mijn buren nogal bezighoudt?'
Hij besluit ter plekke om dat oude lijk van links straks
eens even de waarheid te gaan vertellen. Hij zal dat gluur-
monster eens en voor altijd afleren zich met zijn zaken te
bemoeien.

'Waar woont die vriendin, meneer?' Het is dat hij duidelijk ziet dat er een vrouw voor hem staat, maar als hij
alleen haar stem had gehoord zou hij hebben durven zweren dat het een kerel was.

'Al sla je me dood. Ze beweert dat ze bij Edith Waldorf
zit, die in Bloemendaal woont. Maar ik heb geen adres of
telefoonnummer van die Edith kunnen vinden. Misschien
dat mijn glurende buurvrouw begrijpt wat er loos is. Ik
zou zeggen: leg de zaak eens aan haar voor.'

'Hoe weet u dat uw vrouw bij... Edith Waldorf zei u,
zit?' Het manwijf neemt het verhoor over.

'Ze houdt me op de hoogte via sms'jes. U mag ze wel
even zien, ik heb ze allemaal opgeslagen.' Hij loopt de
kamer in en grist zijn mobieltje van de tafel. 'Ik heb van-
middag een afspraak met haar bij La Place in V&D. Willen jullie misschien met me mee om de boel te controleren?
Wie weet hebben jullie de primeur van ons scheidings-
bericht.'

'Het spijt ons dat we u op deze manier lastig moeten vallen. Zijn er misschien spanningen tussen u en uw buren?
Kan er een reden zijn waarom ze u verdacht zouden willen maken?' De vrouwelijke agent is opeens vriendelijk.

Hij slikt. 'Er is geen enkele reden. Ik heb persoonlijk
geen contact met die mensen. Mijn vrouw maakt wel eens
een praatje in de tuin. We groeten elkaar, meer niet. Het
stel dat rechts van ons woont is volgens mij meer weg dan
thuis en de oudjes links zie je ook zelden op straat.'

Hij wil dat de agenten weggaan, zodat hij op de buren af kan stappen. Als hij hen heeft ingelicht over hoe hij tegen ze aan kijkt, zullen ze zitten schudden in hun tuig. Terwijl hij dit denkt, herinnert hij zich opeens een gesprek dat hij een paar weken geleden met Minoes voerde. Een gesprek dat kalm begon en eindigde in ruzie. Ze bekritiseerde zijn manier van praten en verweet hem dat hij met de dag grover en intoleranter werd. Ze noemde hem een zure zeur, een azijnpisser. Hij werd giftig.

Ellis heeft een paar maanden geleden ook iets dergelijks tegen hem gezegd, maar toen trok hij zijn schouders op. Wat Ellis zegt, raakt hem al lang niet meer, als het hem al ooit heeft geraakt. Toch voelt hij zich niet senang nu ze weg is.

De vrouwelijke agent kondigt aan dat ze gaan vertrekken. Ze schudden handen. Ze houdt zijn hand iets te lang vast. Ze heeft mooie volle lippen die ontsierd worden door duidelijk waarneembare zwarte snorharen. Gustaaf Jelle rukt zijn hand los. 'Wat kan ik verder verwachten? Een buurtonderzoek? Extra controle van de wijkagent? Ondervraging van de krantenbezorger? Telefoontap?'

'Meneer heeft er verstand van,' merkt de loenserd op.

'Meneer is een door de wol geverfde journalist die alles al zo'n beetje heeft meegemaakt,' bijt Gustaaf Jelle hem toe.

'Behalve een scheiding, toch?' De vrouwelijke agent heft haar hand op als groet.

'Ik heb echt ergere dingen overleefd.'

Als de politieauto is weggereden, grijpt hij zijn sleutelbos en loopt naar de buren links. Vandaag is er geen enkele beweging achter de vitrages waar te nemen, maar hij weet zeker dat ze thuis zijn. Ze hebben ongetwijfeld het bezoek van de politie genoteerd en hij kan zich niet voorstellen dat zijn reactie hen zal verrassen. Vrijwel direct nadat hij heeft aangebeld gaat de deur open. Er verschijnt een vrouw van zijn eigen leeftijd. Haar gezicht staat ernstig. 'U bent naar de voordeur gestuurd om de aanval op te vangen,' stelt Gustaaf Jelle vast. 'Toch zou ik mevrouw en meneer zelf graag even willen spreken. Ik ben dat oeverloze gegluur en die verdachtmakerij helemaal zat.'

'Mijn moeder is dood,' zegt de vrouw. 'Ze is gisterochtend plotseling overleden. En mijn vader woont tijdelijk bij mijn zus.'

Hij weet niet wat hij hierop moet antwoorden. 'Sorry,' mompelt hij, en hij draait zich om. Achter hem slaat de deur met een klap dicht.

Het was dus dat secreet van rechts. Daar gaat hij later nog wel langs.

2

Als hij de passage zoekt, grijpen zijn vingers een paar keer mis. De duizeligheid noodzaakt hem om te gaan zitten. Hij probeert te slikken, maar wordt gehinderd door een lamme tong.

De klok in de gang slaat twaalf keer. Nog twee uur. Hij leest de passage die steeds door zijn hoofd klotst en moet sommige zinnen drie keer herhalen voordat het tot hem doordringt dat de realiteit angstwekkend veel op zijn eigen manuscript begint te lijken.

De mannelijke hoofdpersoon in zijn verhaal heeft het gevoel dat het huis hem elk moment kan verpulveren. De deuren die altijd een solide indruk maakten lijken vijanden die boven op hem kunnen vallen. Het plafond ziet eruit of het wil instorten.

Gustaaf Jelle kijkt om zich heen en ontmoet de dreiging van zijn eigen huis. Hij leest verder, zijn ogen vreten de woorden op. Zijn maag knijpt samen. Hij staat op en loopt naar de badkamer. De potjes, flesjes en flacons die een vrouw nodig schijnt te hebben om het leven draaglijk te maken, staren hem aan. De situatie is net als in zijn manuscript.

Hij moet rustig blijven. Ook al lijkt de sfeer in zijn verhaal beduidend veel op hoe hij zich momenteel voelt, het is een verhaal en niet meer dan dat. Het is niet meer dan een bizar toeval, een tamelijk ongeloofwaardig probleem. Hij moet zijn kop erbij houden. De vrouw in zijn boek verdwijnt en wordt in een hangmat gevonden. Vanaf het moment van haar verdwijning reageert ze niet meer op sms'jes. Ellis heeft verschillende keren antwoord gegeven en een afspraak met hem gemaakt. Over anderhalf uur zal hij haar spreken en weet hij waar hij aan toe is. Geen paniek, ophouden met malen. De vrouw in het boek is fictie, goede fictie die de aandacht van een groot publiek verdient. Ellis is werkelijkheid, kloterige werkelijkheid die moet worden afgehandeld. Het wordt tijd dat hij een besluit neemt. Hij kijkt naar zijn eigen vuist, die op de rand van de wastafel rust. Ellis kan wat hem betreft in de klei zakken. Ze krijgt geen gelegenheid om hém af te wijzen, hij neemt als eerste het woord en kondigt zijn vertrek aan.

Hij gaat op zoek naar een huis, een eigen huis. Hij wil een plek vinden waar hij alleen kan zijn.

Zijn hand ontspant zich.

Op het moment dat hij de voordeur wil openen, gaat de telefoon. Het is zijn chef, die informeert hoe het gaat. 'Ik wil net eens proberen of ik overeind blijf in de buitenlucht,' legt hij uit. 'Ik denk dat ik morgen wel weer kan werken.'

Het is buiten minder koud dan gisteren en hij heeft tijd genoeg om naar het centrum te lopen. Als hij het tuinhekje sluit, draait hij zich om en zoekt de blik die hij op zich gericht voelt. Bij de buren links zijn de overgordijnen gesloten. De dood zit tegen de ramen aan geplakt. Hij kijkt snel naar rechts. Er staat niemand voor het raam. Toch heeft hij het gevoel dat iemand hem in de gaten houdt.

Op de Verspronckweg is niets vreemds te ontwaren.

Het verkeer is rustig, niemand rijdt te hard. Er fietsen twee meisjes langs, ze zijn druk met elkaar in gesprek. Gustaaf Jelle tuurt in de verte en constateert dat hij zich belachelijk gedraagt. 'Ik zie spoken,' mompelt hij. 'Het wordt echt tijd dat ik weer aan het werk ga.' Achter hem start iemand de motor van een auto. Hij kijkt niet om. Waarom zou hij omkijken?

Bij de ingang van V&D is iets aan de hand. Hij ziet een vrouw snel weglopen, terwijl ze een kleuter met zich mee-sleurt. Er zijn opgewonden stemmen te horen. Het stop-licht waar hij voor moet wachten, springt op groen en hij besluit de zijingang van het warenhuis te nemen. Zijn hart klopt te snel, zijn ademhaling veroorzaakt een onge-makkelijke benauwdheid. Op de roltrap sluit hij even zijn ogen en probeert rustiger adem te halen. De eerste etage. Nu de volgende roltrap. Het is drie minuten voor twee. Hij ademt weer normaal, zijn voeten staan weer stevig op de treden. Het feest kan beginnen.

Ellis zegt vaak dat ze het liefst bij het raam zit, zodat ze op de Gedempte Oude Gracht kan kijken. Hij vond dit altijd volkomen overbodige informatie en luisterde er niet naar. Nu is hij blij dat er toch iets van haar gemekker is blijven hangen. Zijn ogen gaan snel langs de tafels aan het raam. Geen Ellis. Hij loopt door het restaurant en zoekt. Ze is er nog niet. Hij ziet dat twee dames die aan een tafel bij het raam zitten gaan vertrekken en loopt naar hen toe. De dames laden hun lege serviesgoed en bestek op een blad en groeten hem vriendelijk. 'Dit is een mooie plek,' zegt de jongste. 'Hier kunt u de hele gracht over-zien.' Gustaaf Jelle gaat zitten en veegt een paar kruimels van de tafel. Het is twee uur. Ze zal wel te laat komen.

3

'Het is hier zelfbediening, hoor,' zegt een meisje dat langs zijn tafel loopt. Ze wijst in de richting van de roltrap. 'Daar kunt u zelf kiezen en afrekenen.'

'Ik wacht eerst op iemand,' zegt hij, en hij heeft direct de pest in omdat hij het uitlegt. Hij kijkt voor de zoveelste keer op zijn horloge. Het is kwart over twee. Hij wacht tot halfdrie en dan kan ze het schudden. Misschien moet hij nu al opstappen, wat denkt die domme doos wel? Dit spel is uit, hij gaat thuis direct op Funda een huis zoeken. Er moeten daden gesteld worden, die de onrust en de op de loer liggende angst kunnen verdrijven. Hij zoekt zijn mobieltje, in welke zak zit dat ding nu weer? De ringtoon die opeens te horen is, verlamt hem bijna. Op de display is het nummer van Ellis te zien. Hij meldt zich.

'Hoi,' zegt ze. 'Sorry dat ik te laat ben. Er gebeurde iets waardoor ik niet weg kon.' Ze doet alsof ze hem vanmorgen nog gezien heeft.

'Dus je komt niet?'

Het is een paar seconden stil aan de andere kant. 'Gus... ik kom liever niet naar de stad, maar ik wil wel graag met je praten.'

'Ik heet geen Gus en wat wij elkaar te zeggen hebben, kan wat mij betreft ook door de telefoon,' snauwt hij het idiote gevoel van opluchting van zich af. Hij heeft helemaal genoeg van deze act, dit gesprek kan het beste zo snel mogelijk achter de rug zijn. 'Ik wil scheiden. Blijf jij maar lekker nog even zitten waar je zit, ik ga vandaag nog op zoek naar een eigen huis.'

'We moeten praten.'

'Waarover? Ben je bang dat ik alimentatie ga eisen? Dat ik niet snel genoeg opkras? Maak je geen zorgen, ik zal je niets in de weg leggen.'

'Ik denk dat ik verkeerd bezig ben geweest.'

'Denk rustig verder, maar val jezelf niet te veel lastig. Je hebt mij in ieder geval de ogen geopend.'

Haar diepe zucht is goed te horen. 'Wil je alsjeblieft naar me toe komen?'

Er is iets met haar stem. Ze is hees. 'Wat is er met je stem?'

'Ik ben heel verkouden geweest en voel me nog rot. Ik begrijp best dat je kwaad bent en ik vind het oké dat je weggaat. Maar kom nog één keer praten, ik zal je daarna niet meer lastigvallen.'

Hij aarzelt. Wat levert hem dit op? Niets, waarschijnlijk. Hooguit een jankconcert en zeer irritante spijtbetuigingen. Maar als hij nu weigert, begint ze later misschien opnieuw te dreinen. Hij is nog ziek gemeld, hij heeft vandaag tijd genoeg. 'Waar zit je eigenlijk?'

'Ik heb via een makelaar een huis gehuurd in Bloemendaal.'

'Vlak bij die zogenaamde Edith soms?'

'Sorry voor die leugen.'

'Dit zul je ook wel liegen. Waarom zou jij een huis huren in Bloemendaal, terwijl je een kast van een eigen huis in Haarlem hebt?'

'Ik had tijd nodig om na te denken.'

Zowaar, ze kan denken. Hij slikt de opmerking die hij wilde maken toch maar in. 'Heel jammer voor jou, maar ik ben gaan lopen naar V&D en Bloemendaal is me een beetje te ver weg voor een tweede wandeling.'

'Neem dan een taxi. Ik betaal hem wel. Kom alsjeblieft.' Ze zegt snel op welk adres ze zit.

'Als je mij wil spreken, weet je waar ik ben, Ellis. Het is halfdrie, ik wacht tot drie uur.' Hij verbreekt de verbinding. Zo, nu maar eens langs het hartige buffet. Hij heeft trek in een pittige warme hap. En in een megapils. Maar eerst schrijft hij het adres dat ze noemde even op. Je weet nooit waar dat goed voor is.

De luxe hamburger is lauw en taai. Gustaaf Jelle schuift het bord weg en veegt zijn mond af. Hij grijpt het glas pils en drinkt het leeg. Het is twee minuten voor drie. Ze komt niet.

Hij merkt dat hij gespannen is. Misschien helpt het als hij nog een pils neemt. Achter hem is een geluid en hij draait zich snel om. Het is een vrouw die het dienblad wegbrengt naar de afwasstraat. Ze bekijkt hem met een belangstellende blik in haar ogen. Hij richt zich weer op de ingang van het restaurant. Nog steeds geen Ellis.

Kwart over drie, het is genoeg geweest. Met grote passen loopt hij naar de roltrap. Achter hem hoort hij iemand roepen dat hij vergeet zijn blad weg te brengen. Hij reageert niet.

Als hij weer buiten staat, overvalt hem een troosteloze stemming. Het slaat nergens op, maar toch voelt hij zich in de maling genomen. Ze speelt een spelletje met hem, dat onbetrouwbare secreet. Met wie hij ook wil spelen, niet met zijn vrouw. Dat heeft hij ook nooit gewild.

Hij loopt de Grote Houtstraat in en probeert de on-zinnige emotie die zich aan hem opdringt van zich af te houden. 'Ik was er zelf bij,' mompelt hij. 'Ik heb het zelf allemaal laten gebeuren.'

Opeens denkt hij aan de baby die dood geboren werd. Zou het anders gelopen zijn als het kind had geleefd? Hij trapt een steen weg die midden op het trottoir ligt. Wat hij denkt is te gek voor woorden. En wat hij voelt al helemaal. Hij nadert de Grote Kerk. Als hij links aanhoudt, loopt hij in de richting van het station en is hij over een minuut of twintig thuis. Als hij nu rechts afslaat, kan hij in café Van Egmond terechtkomen.

Hij gaat rechtsaf.

4

Donderdag 24 maart

De kamer draait. De huid van zijn voorhoofd lijkt achter zijn oren getrokken te zijn. Staat er ergens een bak om in te kotsen?

Gustaaf Jelle weet niet direct of hij wel in zijn eigen bed ligt. Hij probeert zich te herinneren wat er is gebeurd. Eerst was hij in V&D bij La Place. Een foute hamburger en redelijke pils. Gesprek met Ellis.

Fuck Ellis!

Van Egmond. Twee andere klanten toen hij binnenkwam, later een volle bak. Otis zat opeens naast hem. Een jankverhaal over zijn vrouw. Voor de verandering had zij nu eens een ander. Meneer was gekrenkt en woonde tijdelijk bij zijn moeder. Bij zijn moeder! 'Daar voel ik me toch het meest bij op mijn gemak,' beweerde hij.

De man die achter de bar stond lachte zich scheel om het verbijsterde gezicht van Gustaaf Jelle. 'Er bestaan echt mannen die zich op hun gemak voelen bij hun moeder,' brulde hij. Gustaaf Jelle bestelde daarna achter elkaar pils, later met kopstoot.

Er waren twee dronken meiden, dat weet hij nog. Ze wilden om beurten tongen. Otis deed ook mee.

Hij draait zijn hoofd voorzichtig opzij om te controleren of hij werkelijk thuis is en er niet per ongeluk een vreemde vrouw naast hem ligt. Het is zijn eigen bed en zo te zien is hij alleen. Hij strompelt naar de badkamer.

De praatjes over vette happen bij het ontwaken met een kater zijn aan hem nog nooit besteed geweest. Zijn omgekeerde maag wil rust en er is hooguit te onderhandelen over een kop thee en een paar droge beschuiten. Zijn handen trillen als hij het kokende water in het theeglas schenkt. De keukenklok laat weten dat het kwart voor acht is. Hij zou vandaag weer gaan werken en kreunt bij de gedachte. Dit misverstand moet zo snel mogelijk uit de wereld geholpen worden.

'Je klinkt inderdaad nog beroerd,' zegt de collega die hem te woord staat. 'We zien je maandag wel, goed?'

Maandag klinkt beter. Maandag is momenteel nog veilig ver weg. Hij kruipt weer in bed.

Het geluid doet pijn aan zijn hele hoofd. Als hij overeind komt, moet hij direct diep ademhalen. Allemachtig, wat voelt hij zich beroerd. Dit is in geen tijden voorgekomen. En dat allemaal door die drank. Voorlopig heeft hij het helemaal gehad met alcohol. Denken aan het woord veroorzaakt al buitengewoon onaangename sensaties in zijn slokdarm.

Het geluid komt uit zijn mobieltje. Minoes! Hij kermt. Toch maar even aannemen. 'Wat is er toch met je aan de hand? Ja, ja, ik weet dat je liever niet hebt dat ik je bel als je thuis bent. Maar ik maak me zorgen.'

'Gisteravond te veel gedronken,' weet Gustaaf Jelle uit te brengen. Zijn tong is van leer, hij ruikt zijn eigen dikke strot en walgt ervan.

'Op je redactie zeggen ze dat je een stevige griep hebt.'

'Voor de buitenwereld heb ik griep.'

'En voor de intimi? Of maak ik daar opeens geen deel meer van uit?'

'Natuurlijk wel. Ze is nog steeds niet terug. Ellis. Ik heb haar gisteren telefonisch gesproken. En ik heb haar verteld dat ik wil scheiden. Ik dacht...'

'En je zei... Daar schrik ik van. Nou ja, helemaal onverwacht is het natuurlijk niet. Maar ik had niet in de gaten dat je er al aan toe was om te scheiden.'

'Ik wil de afwijzing vóór zijn, dat is alles. Ik wil niet afgedankt worden voor een of andere knakker die mijn plaats gaat innemen.'

'Hoe reageerde ze?'

'Ze wilde praten. Ik heb geweigerd. Nee, niet geweigerd. Ik heb gezegd dat ze maar naar mij toe moest komen en ze is niet verschenen.' Hij realiseert zich dat hij het adres dat Ellis noemde heeft opgeschreven. Waarop? En waar heeft hij die notitie gelaten?

'Zal ik komen? Je kunt wel wat liefde gebruiken, als ik het goed hoor.'

Hij vraagt zich af waar het gevoel voor Minoes gebleven is. Waar de passie, de geile lust, de gekmakende fantasie zich heeft verstopt. Hoe het mogelijk is dat er nergens in zijn lijf iets gebeurt bij de gedachte aan de mogelijkheid van haar heupen tegen die van hem, haar tong in zijn mond, haar tanden in zijn nek, haar benen over zijn schouders.

'Zal ik komen?'

'Ik bel je later wel, als ik me een beetje beter voel. Je ziet me zeker morgenavond in de kroeg.'

'Je klinkt alsof ik een vreemde voor je ben.'

'Doe niet zo gek, ik weet heel goed wie je bent.'

'Dat bedoel ik niet.'

O god, dit gaat de richting uit van een typisch man-vrouwgesprek met de nadruk op vrouw en de zekerheid dat het janken en dreinen wordt tot hij bezwijkt en zich overgeeft. *No way!*

'Ik ga eerst eens douchen en wat eten. Ik bel je vandaag nog.'

Ze heeft de verbinding al verbroken. Ook goed. Beter zelfs. Wat hem betreft kunnen momenteel alle wijven op de wereld de vliegende tering krijgen. 'Ja, ik ben tegen-woordig grofgebekt,' zegt hij tegen zijn eigen spiegel-beeld. 'Ja, ik ben snel geïrriteerd, heb een kort lontje en kom regelmatig in aanmerking voor de kwalificatie azijn-pisser. Wen er maar aan.' Hij kijkt weg. De blik in zijn ogen bevalt hem niet.

5

Deze kop thee valt beter dan die van eerder op de dag. De beschuitbus is leeg, hij roostert een paar boterhammen. Zijn trillende handen laten zich niet tot rust brengen als hij het brood probeert te smeren. Het mes dat hij gebruikt, valt twee keer op de grond.

Hij probeert te denken, maar de hoofdpijn belemmert nog steeds elke vorm van hersenactiviteit. Het lukt maar niet om een begin van een logische gedachtegang te vinden.

Zou het een goed idee zijn om Ellis te bellen? Of is dat te confronterend en kan hij beter een sms'je sturen? Of gewoon naar dat huis gaan waar ze nu zit? Hij zoekt in de zak van zijn colbert naar het servet waar hij het adres op heeft gekrabbeld. Waarom heeft ze in hemelsnaam een huis gehuurd? Ze heeft nog nooit iets achter zijn rug ondernomen, ze vertelt hem eerder te veel dan te weinig. En nu dit. Hij zucht diep.

Haar stem klonk zo raar. Hees, alsof er een blokkade op haar stembanden zat. Hij denkt aan een van de in zijn ogen overbodige berichten die ze een paar weken geleden nog meende te moeten ventileren. Er was al weer een zanger aan poliepen op zijn stembanden geopereerd. Dat betekende ten minste een week zwijgen. Toen dacht hij nog dat het geen slecht idee zou zijn als er bij Ellis eens poliepen op haar stembanden werden gevonden.

De tweede geroosterde boterham valt niet goed.

Hij heeft al twee dagen zijn mail niet gelezen en besluit dat eerst maar eens te doen. Later ziet hij wel of hij naar dat huis gaat. Voorlopig kost het hem al veel moeite om de trap op te komen die naar zijn zolderkamer leidt.

Vandaag schijnt de zon recht op het dakraam en de warmte die daardoor is ontstaan voelt lekker aan. Het zonlicht verblindt een beetje. Hij knippert met zijn ogen en probeert de rode streep die langs zijn netvlies suist te verdrijven. De streep blijft op de schuine dakwand hangen. Hij knippert nog een keer en richt zijn blik op het bureau. Het beeldscherm staat bijna haaks ten opzichte van de bureaustoel. Het scherm staat altijd kaarsrecht en zo heeft hij het ook achtergelaten toen hij hier voor het laatst was. Hallucineert hij? Staat hij wel in zijn eigen kamer? Is hij wakker? Hij draait het scherm weer de goede kant op en start de computer. Het icoon van Documenten ziet er anders uit. Hij buigt zich naar het scherm en tuurt. Wat betekent dit? Hij klikt op het vreemde icoon. Er verschijnt een venster waarop staat: **Bestand niet gevonden**.

Hij vloekt hartgrondig.

Driftig ramt hij op de toetsen. Hij moet iets verzinnen en klikt op de Verkenner om te controleren of de harde schijf is aangemeld.

De schijf is aangemeld.

Hij klikt op de documentenschijf en ziet dat die helemaal leeg is.

De tweede vloek knalt de ruimte in. Dit kan niet waar zijn, hij kan niet alles zijn kwijtgeraakt.

Hij zoekt in zijn bureaula naar een schroevendraaier en verwijdert de twee schroeven van de zijplaat aan de achterkant van zijn computer. De twee harde schijven die hij gebruikt zitten keurig op hun plaats. Daar is dus niets aan de hand. Diep in zijn hart vindt hij het een idiote actie om dit te controleren. De schijven kunnen niet uit zichzelf zijn verdwenen. Hij schroeft de zijplaat weer vast en klikt nog een keer op Documenten op het bureaublad.

Bestand niet gevonden.

Hij zit op de grond en wrijft met zijn vingers door zijn ogen. Een van zijn collega's kwam een paar maanden geleden op maandag helemaal aangeslagen op de redactie, omdat alle bestanden op zijn computer waren verdwenen. Hij wist hoe dat kwam, maar Gustaaf Jelle heeft niet geluisterd, omdat hij geen zin had in een technisch verhaal. Het was in ieder geval een crash die niemand wil meemaken. Nu overkomt het hem. Het kan niet waar zijn. Hoe kan zoiets gebeuren? Hij moet contact opnemen met een techneut, iemand die hem kan redden. Alles is weg, dreunt het door zijn hoofd. Alles weg, alles weg, alles weg.

Wat een geluk dat hij het manuscript heeft uitgeprint en opgeborgen in de kluis. Hij rent de trap af naar de slaapkamer.

De kluis is leeg.

Hij grijpt zich vast aan de rand van het bed.

Heeft hij het manuscript dan toch in zijn bureau opgeborgen? Gustaaf Jelle opent met trillende vingers de enige la die kan worden afgesloten.

De la is leeg.

Hij graait met tien vingers tegelijk door de andere laden en smijt alles wat hij daar tegenkomt op de grond. Niets! Heeft hij het manuscript soms ergens anders neergelegd?

Er razen allerlei gedachten door zijn hoofd, hij kan er zelf geen touw aan vastknopen. Hij weet niet hoe het mogelijk is dat je je hele documentenbestand kwijtraakt. Wat doe je dan verkeerd? Welke stompzinninge actie moet je daarvoor ondernemen? Maar die vraag is slechts het ene deel van het probleem. De andere vraag is mogelijk nog ernstiger. Wie heeft het manuscript meegenomen?

Hij zit met een glas thee voor zich aan de keukentafel en denkt na. Hij heeft alle toegangsdeuren gecontroleerd en nergens een spoor van braak ontdekt. Degene die hier blijkbaar binnen is geweest, moet een sleutel hebben gehad.

Was het Ellis? Waarom zou het Ellis zijn geweest?

Er is maar één manier om daarachter te komen. Als hij in zijn auto stapt en de routeplanner instelt, ontsnapt er een geluid uit zijn keel dat lijkt op een snik. Hij heeft zich nooit eerder zo bestolen gevoeld. Zo aangevallen. Nog nooit heeft iemand hem zó stevig onder de gordel geraakt.

Natuurlijk is het stoplicht dat hij moet passeren om de Randweg over te steken rood. Hij trommelt met zijn vingers op het stuur. Hij heeft zin om nog eens gruwelijk grof te vloeken. Als hij eindelijk verder kan rijden, bedenkt hij dat Ellis misschien niet thuis is. Hoewel, thuis… Waarom heeft ze in hemelsnaam een huis in Bloemendaal gehuurd? Om na te denken? Kan ze niet nadenken in haar eigen huis? Ze wonen ruim, ze kunnen zich zonder problemen terugtrekken en ze had ook gewoon tijdelijk een eigen kamer kunnen nemen.

Wat moet Ellis met zijn manuscript? De aanblik van de lege kluis, de lege bureaula, de totale leegte die aanvoelde als een venijnige mep, dringt zich aan hem op. Weer die kramp in zijn maag, weer die ademnood. Weer de letters die dansen voor zijn ogen.

Bestand niet gevonden.

Misschien kan hij zich beter niet al te druk maken over de capriolen van Ellis. Ze probeert aandacht te trekken. 'Te laat, babe. Ik ben al afgehaakt,' zegt hij hardop. Hij rijdt de straat in waar hij moet zijn en controleert nog een keer het adres dat hij heeft opgeschreven. C. Schulzlaan 72. Hij richt zich op de even nummers. Dit is 24. Het is geen brede straat en er staan aan beide zijden auto's geparkeerd. 40. Hij merkt dat hij gespannen is. 50. Doorrijden. 66. Bijna het laatste huis. 70. Hij trapt op de rem en staart naar het nummer en het huis.

70 is het laatste huis in de straat. Hij stapt uit en loopt het huis voorbij. Misschien klopt er iets niet met de nummering. Er staat een vrouw naar hem te kijken. Ze heeft een kinderwagen bij zich die beweegt. Haar blik is nadrukkelijk op hem gevestigd. Hij keert zich om en stapt weer in zijn auto. 70 is echt het laatste huis.

Ellis heeft hem erin geluisd.

Maar waarin?

6

Hij controleert eerst alle kamers, maar er is niemand in huis. In de kledingkast van Ellis staat de grote zwarte koffer nog op dezelfde plaats. Hij zou niet kunnen zeggen of er kleding uit haar kast is verdwenen. Maar welke man weet precies wat er in de kledingkast van zijn vrouw hangt? Soms draagt ze iets en denkt hij dat het nieuw is en kan ze boos worden om zijn onoplettendheid. Hij maakt daarom zo min mogelijk opmerkingen over haar kleren.

Hij zit op de rand van het bed in de grote slaapkamer. Hij zou graag alleen maar kwaad willen zijn, maar de woede laat zich vergezellen door een andere emotie, een emotie die hij haat.

Angst.

Hij zou kunnen bellen of een nieuw sms'je kunnen sturen. Een koel bericht, iets in de trant van 'ik ga naar een hotel, de kust is veilig, je kunt terugkomen'. Waarom aarzelt hij toch zo?

Heeft hij een reden om aangifte te doen van vermissing?

Wanneer kreeg hij voor het laatst een bericht van Ellis? Gistermiddag. Ze belde en vroeg of hij naar haar toe wilde komen en gaf hem dat fake adres. Haar stem klonk een beetje hees, ze was verkouden geweest. De gedachte die in hem opkomt, beneemt hem de adem. Die poging om hem naar een niet-bestaand adres te lokken was om te voorkomen dat hij te snel naar huis ging. Hij knijpt de vulpen tussen zijn vingers bijna fijn.

De kut! Het kloteloeder! Zij zit erachter! Hij is bestolen door zijn eigen wijf! Hij toetst haar mobiele nummer in. Niks sms'jes, hij zal haar eens verbaal duidelijk maken hoe hij over haar denkt. Dit is een reden om aangifte te doen. Niet van vermissing, ze mag wat hem betreft ergens aan het andere eind van de wereld zijn en blijven. Hij gaat voorkomen dat ze iets met zijn werk kan uithalen. ZIJN WERK!

Hij mist de tekst, het verhaal, de personen die er een rol in spelen. Nu niet sentimenteel worden, het is tijd om te handelen.

Dit is de voicemail van Ellis de Volte.

Ze heeft geen recht op zijn naam. Hij gaat zo snel mogelijk de scheiding inzetten. Nu volgt de piep. 'Ellis, het is genoeg geweest. Ik weet dat jij mijn manuscript hebt gestolen en als ik mijn werk niet binnen twee dagen terug heb, doe ik aangifte van diefstal. Ik waarschuw je, hou op met dit kat-en-muisspel. Zoek iemand anders om je op uit te leven. By the way, ik ga in ieder geval de scheiding inzetten. Je komt me mijn strot uit.' Met een nijdig gebaar verbreekt hij de verbinding en belt Minoes. Weer die voicemail. Laat ook maar zitten, wat moet hij met Minoes? Hij weet heel goed dat iedere man die iets met haar begint een tijdelijke kwestie voor haar is. Voor Minoes tien anderen. Of juist niemand meer. Hij heeft het even helemaal gehad met de wijven.

Hij kan voorlopig in zijn eigen kamer slapen en op zoek gaan naar een appartement in de vrije sector. Hij heeft genoeg spaargeld en daarna koopt hij iets voor zichzelf. Ellis mag stikken in haar kapitaal. Ze zoekt het maar uit, zonder hem.

Hij heeft zin in een stevige borrel.

Halverwege de trap knalt de gedachte bij hem naar binnen. Hij houdt zijn adem in. Hoe is het mogelijk dat hij hier niet eerder aan heeft gedacht? Wat maakt het uit dat zijn harde schijf voor zichzelf is begonnen en zijn manuscript uit de kluis is verdwenen? Hij heeft nog altijd zijn USB-stick met een kopie van alle bestanden. Het ding zit nog in de broek die hij gisteren droeg. Hij rent naar boven en grist de broek van de stoel naast het bed.

Links. De stick zit altijd links. Hij graait in de zak. Geen stick.

Heeft hij hem in de rechterzak gestopt?

De rechterzak is leeg.

Nog een keer de linker controleren. Zijn vinger schiet in een open ruimte. Hij trekt de zak naar buiten en staart naar het gat. Het is maar een klein gat. Toch is het groot genoeg om een USB-stick te verliezen.

Hij trapt de stoel in een hoek, loopt eropaf en heft hem boven zijn hoofd. Daarna smijt hij hem tegen de spiegelwand van de kledingkast van Ellis en draait zich om. Achter hem ontstaat een gigantisch lawaai, maar er dringt niets meer tot hem door. Zijn geest dwaalt door een oneindige leegte.

Annabel

I

Het was spannend en toch waren we allebei rustig. Toen we naar de Verspronckweg reden, streelde Felix voortdurend over mijn hand. Ik adviseerde hem het stuur beter vast te houden en bood aan in zijn plaats te rijden. Hij weerde mijn aanbod af en ik weet waarom.

Ik denk dat ik een bril nodig heb. Misschien ook een hoorapparaat, mogelijk zelfs een rollator. Het is om je dood te lachen.

We zagen de echtgenoot van Ellis om halftwee vertrekken, hij liep. We wachtten een kwartier en toen ging Felix naar binnen. Ik bleef in de auto zitten en hield de omgeving in de gaten. Om kwart over twee belde ik De Volte met het mobieltje van Ellis. Ik zorgde ervoor dat mijn stem een beetje hees klonk en las de tekst voor die ik had opgeschreven. Hij reageerde precies zoals ik had verwacht. Woest, verongelijkt en haatdragend. Hij vertelde dat hij wilde scheiden. Ik moest moeite doen om niet in lachen uit te barsten. Waarschijnlijk had hij dat in de gaten, want hij gaf al snel aan dat hij genoeg had van het gesprek. Ik noemde net voordat hij ophing een adres in Bloemendaal waar ik zeker van weet dat het niet bestaat. Er woont een zeer bejaarde fan van me op de C. Schulzlaan en toen die tachtig werd heb ik me laten overhalen haar te bezoeken. Toen zag ik dat nummer 70 het laatste huis was. Soms zie ik dingen die onbelangrijk lijken, maar die later van pas komen. Het zou me niet verbazen als hij een dezer dagen een kijkje neemt op dat adres. Ik hou de straat in ieder geval in de gaten.

Ik probeer mijn gedachten in de goede volgorde te houden en niet aan Felix te laten merken wat ik van plan ben. Toen hij terugkwam en me vol trots de inhoud van de grote tas toonde, zei ik bijna dat we de laatste fase ook wel samen konden doen. Maar iets in zijn ogen waarschuwde me en ik hield mijn mond. 'Het ging heel gemakkelijk,' riep hij. 'Ik had de harde schijf in no time te pakken en kon hem zonder problemen verwisselen. Ik zou zijn gezicht wel eens willen zien als hij ontdekt dat hij een lege schijf heeft. En als hij de lege kluis ontdekt. Weet je dat hij de hele dakwand van zijn kamer behangen heeft met zijn eigen recensies? Wat een pedant ei is dat, zeg. Wat een over het paard getilde klojo. Rijden we meteen langs de Copy-Copy? Dan kun jij het manuscript kopiëren en laten inbinden. Ik zou alleen het titelblad verwijderen. Daar staat zijn naam op.'

Ik gluurde in de tas en las de titel. *Wie een kuil graaft.* 'Wat een cliché is dat,' zei ik. 'Ik zeg wel dat ik nog geen goede titel heb.'

Toen we het gebonden document hadden ingeleverd, stortte ik bijna in elkaar. Ik zei dat ik een poosje moest slapen en dat ik niet alleen wilde zijn. Felix bleef. Misschien heeft hij Ellis gebeld toen ik sliep, maar hij is niet naar haar toe gegaan. Ik werd midden in de nacht wakker en kroop tegen hem aan. We vreeën. Ik dacht aan M. Waarom belt ze niet? Waarom komt ze niet? Ik verlang naar haar.

2

Toen ik wakker werd, was Felix verdwenen. Ik slikte een paar peppillen en negeerde het onaangename gevoel in mijn maag. Het was geen pijn, maar het klopte ook niet. Het was er al eerder, het komt en gaat. Misschien heeft het iets te maken met de ecstasy die ik slik.

Het idee overviel me toen ik mijn eerste kop thee dronk en het manuscript las. Het kwam door dat woord, het woord dat steeds terugkeerde. Hangmat. Ik zag het ding voor me en ik vroeg me af of De Volte echt zijn eigen hangmat had beschreven. Het was halfeen en ik bedacht dat hij al lang op de redactie zou zitten. Mijn auto stond in de garage, ik aarzelde. Maar ik voelde me goed, ik was uitgerust en ik durfde een korte autorit aan.

Toen ik zijn huis op de Verspronckweg naderde, zag ik hem in zijn auto stappen. Hij smeet het portier achter zich dicht en scheurde weg. Ik gebruikte zijn parkeer- plaats en liep snel naar het huis. De sleutel zat veilig in mijn jaszak, ik liet mezelf binnen. Het huis rook muf. Ik besloot direct naar de tuin te lopen en te kijken of ik in de schuur kon komen. De deur zat op slot. Achter het gor- dijn van de keukendeur hing een sleutel. Hij paste. De schuur was netjes opgeruimd. Ik keek snel om me heen en bekeek alles wat groen met oranje was. Er lag een stapel tuinkussens op een plank en daaronder ontdekte ik de hangmat. Ik wipte het ding onder de kussens vandaan en klemde hem onder mijn arm. De duizeling overviel me en ik greep me vast aan een van de fietsen. Ik merkte dat ik moest overgeven en haalde diep adem. De misselijkheid verdween en ik maakte dat ik wegkwam.

Ik heb de hangmat uitgerold en gecontroleerd. Het is precies hetzelfde exemplaar als is beschreven in *Wie een kuil graaft*. Goed beschouwd is de titel perfect, maar ik kan hem natuurlijk niet gebruiken. Het lukt me alleen nog niet een betere te verzinnen. De mat ligt nu in de kofferbak van mijn auto, samen met mijn oude hockeystick. Ongelooflijk dat het slachtoffer in het boek ook wordt neergeslagen met een hockeystick. Ik weet het nu zeker, toeval bestaat niet.

Ik heb zowel het antwoordapparaat van M's vaste nummer als de voicemail van haar mobiele nummer ingesproken. Ik was niet aardig, beter gezegd: ik heb haar verrot gescholden. Het was de opgekropte spanning, de onzekerheid die steeds meer bezit van me neemt waardoor ik zo uitpakte. Nu zou ik spijt moeten hebben, maar dat heb ik niet. Sterker nog: ik wil nog wel een keer.

'Je zoekt er wel een uit,' zei Felix toen ik hem vertelde dat ik op M viel. 'Wat moet je met die afgelikte teef? Sorry dat ik het zeg, maar daar is onderhand heel Haarlem overheen geweest. Heb je niet gehoord met wie ze het tegenwoordig doet?'

Toen gaf ik hem een klap recht in zijn gezicht. Hij sloeg niet terug, maar keerde zich van me af en sprak bijna twee weken niet tegen me. Die tijd besteedde ik om zo veel mogelijk bij M te zijn. Ze was nooit zo van de damesliefde, vertelde ze. Dat viel mij niet op, ik vond haar een natuurtalent. Ze wilde zich niet binden, zei ze ook. Dat komt wel, dacht ik overmoedig. Dat komt later, als je beseft wat je zou laten lopen als je mij afwijst. Ik bezorgde haar het ene na het andere orgasme, tot ze moest huilen. En vlak nadat de dokter langs was geweest vroeg ik haar of ze met me wilde trouwen.

'Jij bent al getrouwd,' lachte ze.

'Ik kan scheiden,' pleitte ik.

Toen keek ze weg.

Ik ben na die klap nooit meer bij Felix op het onderwerp teruggekomen. Ik heb me ook nooit afgevraagd wie hij bedoelde toen hij vroeg of ik wist met wie ze het tegenwoordig deed. En ik heb M zelf nooit vragen in die richting gesteld. Ze waren er niet.

Nu wel.

Buikpijn, ook al buikpijn. En een onduidelijke zenuwpijn in mijn oor. Hoezo, uitgezaaid in de botten? Waar heeft mijn huisarts zijn bul gekocht? Ik heb andere morfinepleisters nodig. Ik moet Felix nog meer peppillen laten halen. Rot op, kanker. Smerige, vuile, godvergeten kloteziekte, maak dat je wegkomt en zoek een ander slachtoffer. Ik zei het al eerder, genoeg kandidaten die in aanmerking komen. Ik ben al aan de beurt geweest. Ik pas.

Felix blijft veel te lang weg, wat spookt hij uit met dat wijf? Ach, laat ook maar, het is tenslotte nog voor korte tijd. Ik ben niet de enige die mogelijk aan de laatste fase is begonnen. Ellis de Volte is zeker eerder aan de beurt.

Waar is M? Ik wil dat ze komt, ik wil haar aanraken, worden aangeraakt, worden bemind. Ik ben niet slecht, ik ga niet dood, ik wil geen mismaakt mormel zijn.

Het komt goed.

Ellis

I

Donderdag 24 maart

Alles is volgens plan verlopen. Felix heeft de kluis leeggehaald en de harde schijf op de computer van Gustaaf Jelle vervangen door een nieuwe. 'Als hij nu zijn documentenmap probeert te openen, krijgt hij een melding dat het bestand niet te vinden is,' zegt hij. Zijn stem klinkt trots. Hij haalt een envelop uit zijn zak. 'Het lijkt mij het beste als jij de harde schijf bewaart.'

'Waarom? Wat moet ik daarmee?' Ellis wil de envelop niet aanraken.

'Ik weet niet wat Annabel nog van plan is. Ze is… ze is zo anders, zo onvoorspelbaar.'

'Dat klinkt of je haar niet vertrouwt.'

'Ik kan haar niet meer vertrouwen. Berg de schijf alsjeblieft goed op. Of vernietig hem, wat maakt het uit?'

'Waarom moet ik daar nu opeens de verantwoordelijkheid voor dragen?'

Felix kijkt haar strak aan. 'Omdat je medeverantwoordelijk bent, Ellis.'

Ze wil geen ruzie maken en zoekt een manier om het gesprek een andere wending te geven. 'En wat doen we met het uitgeprinte deel?'

Nu zal hij wel zeggen dat ze naar de bekende weg vraagt, maar hij lijkt opgelucht. 'Annabel heeft het document direct gekopieerd en naar de uitgever gebracht.'

'Stuurt ze dat dan niet digitaal?' Ellis wil het antwoord niet weten, ze begrijpt haar eigen vraag niet eens. Ze voelt zich schuldig. Haar moeder zei vaak dat ze een te sterk ontwikkeld schuldgevoel had. Ze wil ook niet aan haar moeder denken.

'Anders wel, maar ze heeft het nu zelf gebracht. Ik spreek haar niet te veel tegen, ze is snel boos en raakt ook gemakkelijk overstuur. Haar uitgever heeft me een paar dagen geleden gebeld. Hij wilde weten wat er met haar aan de hand was. Ik heb gezegd dat ze overspannen leek en dat het tijd werd dat ze haar manuscript inleverde. Hij leest het nu. Zij ook.' Hij glimlacht. 'Ze moet natuurlijk zelf wel precies weten wat ze heeft gebracht.'

'Ik denk dat het heel goed is,' zegt Ellis. 'Ik had wel verwacht dat je gisteren nog langskwam.'

Hij kust haar hard op haar mond. 'Ik was kapot. Echt helemaal kapot. Maar ik heb wel een nieuw mobieltje voor je gekocht.'

'Ik wil liever mijn eigen mobieltje terug.'

Hij kijkt weg. 'Dat heeft Annabel en ze wil het niet teruggeven.'

'Waarom niet? Waar heeft ze het nog voor nodig? De klus is geklaard, nu maar afwachten of Gustaaf Jelle aangifte doet. Heb je er al eens aan gedacht wat er gebeurt als hij erachter komt dat zijn werk onder Annabels naam zal verschijnen? Dat hij daar een zaak van kan maken?'

'Hij heeft geen enkel bewijs meer over dat het om zijn werk gaat.'

'Dat denk je, maar dat weet je niet zeker. Je kent hem niet, dat zei ik al eerder. Het zou mij niet verbazen als hij ergens een kopie van zijn werk bewaart. En je weet ook niet zeker of hij niet iets aan anderen heeft laten lezen.

Aan die Minoes, bijvoorbeeld. Je weet het nooit met Gustaaf Jelle. Hij laat echt niet over zich lopen. Hij zal de strijd aangaan.'

Felix strijkt met een hand langs zijn ogen. 'Wat dan nog? Dan is ze dood.' Zijn stem hapert. Hij kijkt haar aan. 'En ik zal nooit, echt nooit, met een woord reppen over jouw aandeel in deze zaak. En natuurlijk ook niet over dat van mij. De mensen met wie ze contact heeft hebben al in de gaten dat ze anders is, de laatste tijd. Het zal achteraf een wanhoopsactie lijken. Daar hebben wij niets mee te maken, wat jouw ex ook gaat beweren. Vernietig die harde schijf, zorg dat er bij jou ook geen sporen te vinden zijn. Beloof me dat je hem vernietigt.'

Ellis zwijgt. Ze moet zijn woorden even tot zich laten doordringen.

'Hier, je mobiel,' zegt Felix. 'Ik heb hetzelfde model genomen. Waar heb ik je nieuwe nummer nou?' Hij haalt een stuk papier tevoorschijn. 'Hier. Het is een prepaidnummer, er zit een beltegoed in van twintig euro.'

'Ik wil toch mijn eigen mobieltje terug,' herhaalt Ellis.

Felix zucht diep. 'Ik doe mijn best.' Hij kijkt weer van haar weg. 'Ik kan vannacht niet blijven, sorry. Eerlijk gezegd durf ik haar niet alleen te laten. Het gaat niet goed met haar, ze heeft toezicht nodig.'

'Dat klinkt alsof ze hard achteruitgaat.'

'Geestelijk, vooral geestelijk. Lichamelijk gaat het minder hard, voor zover ik dat kan zien. Ze slikt natuurlijk sterke pijnstillers en ze is erg snel moe. Maar ze is altijd al hard voor zichzelf geweest, ik ken haar niet ziek. Als ze griep heeft, moet je haar bijna vastbinden om haar in bed te houden.'

Ellis zou nu willen zeggen dat de tegenwoordige tijd al

bijna niet meer van toepassing is op Annabel. Ze schrikt van haar eigen gedachten, die van het ene op het andere moment totaal op hol slaan. Ze denkt aan het moment dat Annabel sterft, aan de kist waar ze in zal liggen, aan haar uitvaart.

Aan haar graf. Of wil ze gecremeerd worden?

Haar moeder is gecremeerd en Ellis heeft haar as uitgestrooid op het naaktstrand van Zandvoort, waar ze zo vaak samen naartoe zijn gegaan.

'Waar denk je aan?' vraagt Felix.

Ze haalt haar schouders op.

'Ik denk aan vrijen,' zegt hij.

Het is een vreemde gedachte die haar blijft lastigvallen. Felix leek bang te zijn. Tijdens het vrijen stopte hij een paar keer om te luisteren naar geluiden die hij meende te horen. Hij lachte zijn achterdocht weg op een eigenaardige manier. 'Misschien spookt het in dit huis,' probeerde hij vrolijk te doen. Nu hij al een paar uur weg is, raakt Ellis er iedere minuut meer van overtuigd dat haar vermoeden klopt.

Hij was bang.

2

Er is weer een bezichtiging bij de buren. Ellis kijkt vanaf haar beschutte plek naar de man en de vrouw met hun twee kinderen die enthousiaste gebaren maken. De makelaar is ook goed op dreef, haar stem schalt door de tuin. Opeens kijkt de man naar het raam waar Ellis staat en ze stapt snel achteruit.

Ze heeft zin in gebakken vis en bedenkt dat het vrijdag is. Visdag.

Gustaaf Jelle vond dat altijd een bezopen idee, een volkse banaliteit. 'Vrijdag visdag, zaterdag brooddag, zondag biefstukdag, mag ik een teiltje?' Ze hoort het hem zeggen.

Zou hij al weten wat er is gebeurd? Zou hij haar al gebeld hebben? Het staat haar niet aan dat Annabel Schot haar mobiele telefoon geconfisqueerd heeft. En het staat haar nog minder aan dat Felix dat toestaat. Ze gaat geestelijk achteruit. Ze gaat dood. Ellis wil het allemaal niet weten. Toch blijft ze eraan denken, toch leiden deze gedachten weer rechtstreeks naar het ziekbed van haar moeder, toch wordt ze weer beroerd van de herinnering aan het uitgemergelde lijf dat ze samen met de verpleegster die nachtdienst had waste en aankleedde. Toch dringt zich iets aan haar op.

Het gesprek vond een paar dagen voor haar moeders

dood plaats. Het ging over de vraag of het leven voor ieder mens vastligt of niet. Of het nut heeft je ertegen te verzetten, of het mogelijk is je lot te ontwijken. Haar moeder dacht van niet.

Had ze gelijk? Staat alles al vast? Is Annabel Schot geboren om niet oud te worden? Heeft ze nooit iets anders in het vooruitzicht gehad dan een vroege dood? En betekent dit dat ze het hele belachelijke avontuur achterwege hadden kunnen laten? Dat Felix ook zonder deze waanzin beschikbaar was geweest als haar nieuwe partner? Betekent het dat vaststond dat zijzelf haar baby zou verliezen, ook als het incident niet had plaatsgevonden?

Ze klemt haar handen tegen haar buik.

Het is weer stil in de tuin van de buren. Misschien is het vandaag een open dag. Dat idee staat haar aan. Het betekent in ieder geval dat er tekenen van leven in de buurt zullen zijn, dat ze naar mensen kan kijken. Ze zit hier nu een week en de buitenwereld lijkt ver weg. In de straat waar dit huis staat gebeurt weinig. Het bos aan de overkant is iedere dag even roerloos, even doods.

Dood. Niet aan denken.

Ze moet hier weg en ze gaat dit met Felix bespreken. Ze wil Gustaaf Jelle bellen en met hem praten. Op het moment dat ze dit besluit, vraagt ze zich ook af wat ze wil zeggen. Er komt geen enkele zinnige gedachte in haar op. Het enige waar ze aan kan denken is de blik in zijn ogen als hij een verklaring eist voor de diefstal van zijn werk. Ze heeft iets van hem afgepakt wat waarschijnlijk van wezenlijk belang voor hem is. Hij heeft er maanden aan gewerkt, ze zag hem in een soort roes raken als hij naar zijn kamer ging. Hij was vrolijker dan anders toen hij schreef.

Minder grimmig. Soms leek hij opgelucht. En zij volgde het verloop van het verhaal met stijgende verbazing, die later veranderde in afgrijzen en nog later in woede.

Iedere keer als ze stiekem stukken las, leek het alsof hij haar toesprak. Iedere keer voelde ze de dreiging, iedere keer werd ze bang. Het leek of Gustaaf Jelle haar opjoeg, alsof hij de angst die zij moest voelen bewust doseerde.

Het leek of hij bezig was met een afrekening.

Het was een verademing om alles aan Felix te vertellen. Ze zocht steun en hij gaf haar die. Hij was uitnodigend en vol begrip. Hij werd haar klankbord. Ze heeft hem zelf op het idee gebracht, ze heeft zelf gezegd dat ze zijn vrouw wel aan een manuscript kon helpen. Het plan dat hij daarna aan haar voorlegde leek zo logisch.

Het leek gerechtigheid.

Nu zit ze hier en kan geen kant meer op. Dit wil ze niet, ze moet iets ondernemen.

Ze wil terug naar haar eigen huis en aan Gustaaf Jelle duidelijk maken dat hij moet verhuizen. Ze kijkt naar haar handen die zich vastklemmen om de trapleuning.

In de woonkamer is het stil. Het hele huis is beklemmend. Ze wil met Felix praten, nu, direct. 'Ik stop,' zegt ze hardop. 'Het is genoeg geweest.'

Kramp in haar borstkas, verkeerde ademhaling. Ze trekt haar schouders uit elkaar.

3

Als ze het koud heeft wrijft Gustaaf Jelle haar wel eens over haar rug, maar het is lang geleden dat dit voor de laatste keer gebeurde.

Als ze niet kan slapen haalt hij wel eens een beker warme melk voor haar, maar ze kan zich de laatste beker niet meer herinneren.

Soms staan er opeens tulpen op tafel. Ze is dol op tulpen. Als ze daar te enthousiast op reageert, trekt hij zich snel terug.

Ze ziet de film van haar huwelijk voorbijtrekken. Ze staat weer voor de eerste keer in het huis van zijn vader en stiefmoeder en voelt de nerveuze trilling van haar knieën. Ze hoort zijn vader vragen of Gustaaf Jelle wel het fatsoen heeft om met haar te trouwen.

Op dat moment wist ze al dat ze het niet op die manier wilde. Toch liet ze het gebeuren, toch gaf ze haar jawoord in een lege trouwzaal, met twee medewerkers van het stadhuis als getuigen.

Toen ze later zei dat ze graag ook De Volte wilde heten, trok hij zijn schouders op. Schouders optrekken is een bekend gebaar van hem, evenals de afwerende beweging met zijn armen. Ze heeft er vaak met Hidde en Ineke over gepraat, haar hart bij hen uitgestort en zich laten troosten. Het duurde lang voordat ze begreep waar de weerstand tegen het tonen van emoties bij Gustaaf Jelle vandaan kwam. Het werd haar pas goed duidelijk toen ze hoorde onder welke omstandigheden zijn moeder was gestorven. Daar deinsde ze van terug, maar het leverde ook medelijden met hem op. En de behoefte om zijn verlies te compenseren.

Hij stond toe dat ze voor hem zorgde. Ze zag dat hij rustig werd als ze de eettafel mooi dekte, ze merkte dat lekker eten hem toegeeflijk maakte en hij toegankelijker werd als ze hem geen moeilijke vragen stelde. Dan werd ze over haar rug gewreven, dan kreeg ze warme melk en verschenen er tulpen op tafel.

Ze heeft zeker regelmatig aan scheiden gedacht. Ze heeft zich absoluut vaak ontzettend eenzaam gevoeld. Toch bleef ze.

Was het de angst om alleen te zijn? Was het omdat ze nu eenmaal slecht kan toegeven dat ze fouten maakt? Die gedachte is een schrikbarende eyeopener.

Ze moet eerlijk zijn tegenover zichzelf. Het is duidelijk, het is de harde werkelijkheid. Het spoor dat ze volgt is fout. Maar welk spoor is nog goed? En hoe heeft het zo uit de hand kunnen lopen? Is dit echt de manier om af te rekenen?

Het nieuwe mobieltje mag dan precies hetzelfde model zijn als haar oude, het is vreemd en voelt niet goed. Met trillende vingers kiest ze het nummer van Felix. Er wordt niet opgenomen. Voicemail. Ze verbreekt de verbinding.

Het is doodstil in huis, ze kan beter de televisie aanzetten. Het maakt niet uit welk programma ze kiest, er moeten geluiden zijn, bewegende beelden. Ze staat midden in de kamer met het mobieltje in haar hand en voelt zich wanhopig.

Buiten is een geluid. Er stopt een auto op de oprit. Ellis loopt naar het raam en tuurt door de vitrage. Haar hart slaat een paar slagen over, ze hoort zichzelf schrikken. Dit kan niet waar zijn.

De vrouw ziet er verwilderd uit. Ze klemt iets onder haar linkerarm en met haar rechterhand houdt ze iets vast.

Dat lijkt...

Er verschijnt een beeld voor de ogen van Ellis. Het is vaag, maar ze herkent het toch. Bomen, voeten, dood.

Het werd heel plastisch beschreven. Het was een van de confrontaties die haar zo bang maakten. Het was een van de meest verschrikkelijke scènes in het boek.

Het gebeurt tegelijk. De ontdekking van de vrouw die naar het huis loopt en de herinnering aan het verhaal. Daar heeft Felix nog iets over gezegd. Het moest erop lijken dat het verhaal dat Gustaaf Jelle schreef overeenkomsten vertoonde met de werkelijkheid.

Welke overeenkomsten bedoelde hij? Waar is hij en wat doet die vrouw hier? Wat is ze van plan met de hockeystick die ze in haar hand heeft?

Ze loopt terug naar de tafel en kijkt om zich heen. Haar tas staat op de bank, ze grijpt hem en stopt het mobieltje erin. Ze rent naar de gang en grist haar jas van de kapstok. Op hetzelfde moment hoort ze voetstappen die de voordeur naderen. Ze staat stokstijf midden in de gang en

staart naar de deur. Er is een rinkelend geluid. Een sleutelbos.

Ze is duizelig. 'Help me,' fluistert ze. 'Help me, alsjeblieft.'

Gustaaf Jelle

I

Vrijdag 25 maart

Zodra hij wakker wordt, vliegt het hem aan. Hij knijpt zijn handen in elkaar en is direct weer kwaad. Vloeken helpt niet, paniek nog minder. Zoeken moet hij, vandaag gewoon nog een keer de route lopen die hij woensdag maakte. Hij heeft gisteren bijna met zijn neus op de grond de tocht al herhaald. Van zijn huis naar de tafel bij het raam in La Place, van het restaurant naar Van Egmond en weer terug naar zijn huis. Op die tocht moet het gebeurd zijn, daar is hij van overtuigd. De terugweg is het kwetsbare deel van de zoekactie, omdat hij bepaald niet meer recht liep toen hij uit het café kwam. Hij weet zelfs niet eens meer zeker welke weg hij toen genomen heeft. Is hij via de Kleine Houtstraat naar de Grote Markt gelopen of via de Gedempte Oude Gracht? De Kleine Houtstraat is het meest aannemelijk, maar hij was dronken. Als hij dronken is, doet hij wel eens dingen die niet aannemelijk zijn. Vandaag gaat hij nog een keer, hij is ervan overtuigd dat hij de USB-stick zal vinden. Dinsdag had hij hem nog, het moet echt op woensdag zijn gebeurd. Voor de zekerheid controleert hij nog een keer alle broeken die in de kast hangen, maar de conclusie is duidelijk. Het was de broek met het gaatje in de linkerzak.

Het verlies dringt nu pas in zijn totale omvang tot hem door. Het besef dat hij alles kwijt is als hij de USB-stick niet terugvindt, drukt op zijn borstkas. De schrik heeft zowel zijn lichaam als zijn geest in beslag genomen. Het kan niet waar zijn. Het mag niet waar zijn.

Hij wil met iemand praten, raad vragen, samen met iemand op de hele wereld schelden. Maar met wie? Otis? Arvid? Het moet een man zijn, met vrouwen heeft hij het voorlopig helemaal gehad. Zelfs Minoes komt niet in aanmerking. Juist niet. Hij heeft haar gewist. Ze belt ook niet meer. Dat is goed. Rustig, overzichtelijk en precies zoals hij het wil. Geen gedoe met moeilijke gesprekken, oeverloze discussies, breedsprakige uitleg en een tranenstroom. Hoewel hij zich afvraagt of Minoes zou huilen. Ze heeft nog nooit een lange relatie gehad, ze hopt van het ene naar het andere bed en laat een spoor van vernielingen achter. Hij mag blij zijn dat hij hier zonder kleerscheuren vanaf komt. Arvid of Otis dan? Maar die hebben contact met Minoes en hij wil geen geklets achter zijn rug.

De hete douche is lekker en zorgt voor ontspanning. Zijn plan staat vast. Hij gaat weer zoeken en hij belt niemand. Hij is eraan gewend om zijn zaken zelf te regelen en dat kan hij beter zo houden. De rest van de wereld interesseert hem op dit moment niet. Laat ze allemaal vooral doen waar ze zin in hebben, hij vindt het best. Zelfs Ellis kan haar gang gaan. Als ze iets uithaalt met zijn werk, komt ze hem tegen.

Het is aangenaam zacht weer, maar dat heeft wel tot gevolg dat er veel mensen buiten lopen. Hij botst tijdens het eerste deel van zijn zoektocht een paar keer tegen iemand op. Hij negeert de reacties.

Op de plek waar hij zat in La Place is een gezin met vier kinderen neergestreken. Ze klimmen op stoelen en kruipen onder de tafel door. De ouders letten er niet op, die zijn in een heftig gesprek verwikkeld. Gustaaf Jelle houdt de kinderen in de gaten. Rapen ze iets op? Stoppen ze iets in hun zakken? Het is een geruststellend idee dat hij de bestanden op de USB-stick heeft vergrendeld. Nu kan niemand met zijn werk aan de haal gaan. Zou iemand het ding naar de politie hebben gebracht? Daar zullen ze dan wel direct denken dat er kinderporno op staat. Hebben ze bij de politie mensen in dienst die een vergrendeld bestand kunnen kraken? Op het titelblad staat zijn naam. Iemand die regelmatig de zaterdagbijlage leest zal die naam herkennen en kan zich melden bij de redactie. Die mogelijkheid lijkt te mooi om waar te zijn. Het gezin vertrekt. Hij duikt nog een keer onder de tafel.

De barkeeper bij Van Egmond heeft samen met hem op handen en voeten door de zaak gekropen, maar zonder resultaat. De twee biertjes van de zaak zijn goed gevallen, dat dan weer wel. Hij had zin om stevig door te zakken, maar heeft zich beheerst. Nog geen drank, zo vroeg in de middag. Eerst zoeken. Op de terugweg overvalt hem een triest gevoel. Dit gaat niet lukken, dit levert echt niets op. Hij is de USB-stick kwijt. Het wordt tijd dat hij erachter komt waar Ellis zit en haar ter verantwoording roept.

Er zit nog een portie macaroni in de vriezer. Hij moet iets eten, ook al zou hij zich liever lekker bezatten. Het geluid van zijn mobiele telefoon overvalt hem. Op de display verschijnt het nummer van Minoes. Hij twijfelt.

2

Hij heeft bijna een uur onder de douche gestaan en zijn lijf zo hardhandig geschrobd dat zijn huid geïrriteerd aanvoelt. Nu ligt hij languit voor de televisie.

Hij kijkt nooit televisie op vrijdagavond. Op dit tijdstip zit er normaal gesproken al behoorlijk veel drank in de man. Zijn maten zullen zich afvragen waar hij blijft en ze hebben waarschijnlijk al een paar pogingen gedaan om hem te bereiken. Zijn mobieltje is uitgeschakeld. Hij is *out of the picture* vanavond. Hij heeft behoefte aan rust en aan vergetelheid. Daarom ligt hij met een fles goede wijn binnen handbereik op de bank naar X *Factor* te kijken. Een loensende puber probeert de jury ervan te overtuigen dat hij nodig ontdekt moet worden. Het joch doet Gustaaf Jelle aan de politieagent denken die twee keer voor de deur stond. Met een schok gaat hij rechtop zitten en luistert of hij iets hoort. Hij schenkt zijn glas nog een keer vol en maant zichzelf tot rust. Er is geen politie, waarom zouden ze hem opnieuw lastigvallen? Waarschijnlijk heeft zijn oude buurvrouw de kolder in de kop gekregen door de afwezigheid van Ellis. Nu is ze dood en kan ze niet meer bellen. Hij kan het thema buurvrouw die spoken ziet bewaren voor het volgende boek. Het boek! Zijn boek, het is van hem en van niemand anders.

Hij gaat weer liggen en probeert het paniekgevoel dat

om hem heen hangt de kop in te drukken. Er moet meer drank in, misschien wel zoveel dat hij laveloos wordt.

De klok slaat twaalf keer en hij schrikt wakker. X *Factor* is blijkbaar voorbij, hij zet de televisie uit. Buiten nadert een ambulance, het gillende geluid komt steeds dichterbij. Er zal toch niet weer iemand plotseling zijn overleden? Het geluid passeert zijn huis en ebt weg.

Zaterdag 26 maart

Hij heeft tot een uur of twee liggen woelen en daarna besloten om in zijn eigen kamer te gaan slapen. De slaapbank is redelijk comfortabel en beslist geschikt als bed, maar hij hoort steeds geluiden in huis. Ze zijn waarschijnlijk onderdeel van de nacht, daarom herkent hij ze niet. Hij ligt 's nachts nooit wakker, volgens Ellis raakt hij in coma vanaf het moment dat hij zijn ogen sluit.

De slaap heeft zich eindelijk over hem ontfermd. Zijn zware oogleden zijn een weldaad, evenals het gevoel weg te zakken in een beschermende duisternis. Ergens in huis slaat een klok, maar hij kan de slagen niet meer tellen. Bij de buren trekt iemand een deur in het slot.

De vrouw schreeuwt met open mond, maar hij kan haar niet horen. Ze spreidt haar armen en probeert overeind te komen.

Ze spartelt.

Gustaaf Jelle wil haar gezicht zien, maar ze draait het van hem weg. Haar handen klemmen zich om haar buik, ze trekt haar knieën op. Nu wendt hij zijn gezicht af en bonkt met zijn vuisten tegen zijn mond. De vrouw spert haar ogen wijd open, haar mond is een groot, gapend gat dat wanhopig probeert om lucht te vangen. Hij wil naar haar toe rennen. Maar zijn benen zijn verlamd en ook zijn armen weigeren hem te gehoorzamen.

De vrouw draait haar hoofd in zijn richting. Haar ogen verwijten, haar buik wijst naar hem. Haar rochelende ademhaling zwiept langs zijn oren.

Hij wordt wakker van het krampachtige geluid dat uit zijn keel komt.

Hij weet zeker dat hij de verwarming lager heeft gezet toen hij naar bed ging en toch staat de thermostaat op twintig graden. Op de keukentafel ligt de zaterdagkrant. Hoe komt die daar terecht? Heeft hij die zelf van de mat gehaald en meegenomen naar de keuken? Wanneer dan?

Gustaaf Jelle vliegt bijna naar de voordeur en controleert het slot. Het is twee keer omgedraaid. Hij heeft het twee keer omgedraaid toen hij naar boven ging. De krant wordt altijd tussen zes en zeven uur bezorgd. Dat heeft Ellis hem verteld, een van haar volslagen overbodige opmerkingen. Tot vandaag, tot dit moment. Tussen zes en zeven uur sliep hij nog, toen had de droom hem nog niet gegrepen.

Is het wel de krant van vandaag? Hij tuurt naar de datum. Die klopt.

De waterkoker geeft het kooksignaal. Hij schenkt het hete water in een beker en haalt het theezakje er een paar keer doorheen. Ergens is er een vage herinnering van geluiden. Voetstappen in de buurt, een deur die in het slot viel. Dat was toch bij de buren?

Hij gaat bij de tafel zitten en denkt na. Er is iemand in huis geweest, iemand die een sleutel had. Dat kan alleen Ellis zijn geweest. Maar wat kwam ze doen? En waarom is ze niet gewoon gebleven?

Is ze er nog? Hij vliegt overeind en rent naar de slaapkamer. Het opgeluchte gevoel dat hem overvalt is nauwelijks vreemd. Het mag er zijn, hij gaat zich er niet tegen verzetten. Hij stormt de slaapkamer in.

Het bed is leeg.

3

Dit is de tweede keer in korte tijd dat hij het hele huis controleert. Hij hoort zijn eigen opgewonden ademhaling en staat een paar seconden stil om meer lucht te krijgen. De zolderruimte naast zijn eigen kamer ruikt muf, er hangt een lugubere stilte. Hij komt hier vrijwel nooit, maar nu is het nodig. De kartonnen dozen waar Ellis van alles in bewaart zijn bedekt met stof. Er ritselt iets in de duisternis onder het schuine dak. Waarschijnlijk een muis. Of muizen. Hij draait zich snel om en rent de trap af.

Er is behalve hij niemand in huis en er zijn nergens sporen te ontdekken van ongewenst bezoek. Toch is er iemand binnen geweest.

Hij staat voor het raam in de voorkamer en kijkt naar buiten. De heg moet nodig worden gesnoeid, maar het voorjaar moet eerst verder gevorderd zijn. Hij bewerkt de heg meestal begin mei voor de eerste keer.

Buiten speelt zich het leven af, binnen heerst stilte. De angst is nog steeds nadrukkelijk aanwezig, het onbehagen heeft zich stevig aan hem vastgeklemd. Er razen flarden van zinnen door zijn hoofd die hij probeert te ontwijken. Het zijn zinnen die hij zelf geschreven heeft, zinnen die de hoofdpersoon in zijn thriller uitspreekt. Tekst die door hem is toegewezen aan de vrouwelijke hoofdpersoon, maar thuishoort bij Ellis. Hij schudt driftig zijn hoofd. Zijn verhaal gaat niet over Ellis, het is fictie. Zulke gedachten brengen een nodeloze onrust met zich mee. Ellis komt binnenkort wel tevoorschijn en wat hem betreft hoeft hij daar geen getuige van te zijn. Hij gaat zo snel mogelijk ergens anders wonen. Maandag belt hij een makelaar en het zal hem niet verbazen als hij direct een huis vindt in de vrije sector. Dat voornemen voelt goed, hij merkt dat hij rustig wordt. Hij gaat dit weekend spullen verzamelen die hij mee wil nemen. Hij is klaar met Ellis. En met zijn huwelijk. De gedachte aan een scheiding maakt hem blij en leidt hem af. Dat is nodig, want als hij verder denkt wordt hij woedend. Woede helpt niet, woede heeft nog nooit geholpen. Er wordt niets door opgelost en er komt niemand door terug. Er zit iets op zijn wang. Hij veegt het snel weg.

4

Zondag 27 maart

Hij heeft op Funda huurhuizen in Haarlem bekeken en een gemeubileerd tweekamerappartement in de Rusland-straat gevonden. Daar gaat hij morgenochtend direct achteraan. Misschien kan hij het beste nog een dag ziek gemeld blijven en dinsdag weer aan het werk gaan. Het idee van ergens alleen wonen begint iedere minuut aan-trekkelijker te worden en heeft momenteel de absolute prioriteit. Hij heeft nog een paar keer gekeken of hij op zijn computer het documentenbestand weer zichtbaar kan maken, maar de boodschap is en blijft **Bestand niet ge-vonden.** Dinsdag gaat hij ook aan de collega die onlangs een totale computercrash had de naam vragen van de tech-neut die de zaak heeft opgelost. De paniek over het ver-loren document is minder. Het komt goed, prent hij zich-zelf in. Het is een technische kwestie die hij zelf niet kan oplossen. Daar zijn dus technisch goed geschoolde kerels voor te vinden, je moet alleen even weten waar ze zitten. Hij vindt zijn manuscript terug en Ellis mag de gestolen versie voor zijn part vanbuiten leren. Het is zijn werk en van niemand anders. Zijn vrouw blijft er met haar ten-gels van af, ze heeft met dit avontuur niets te maken en zal er nu zeker part noch deel meer aan hebben. Misschien zoekt hij een andere thrillerschrijfster om mee samen te werken. Hij moet nog even nadenken met wie hij dit avontuur aandurft, maar hij speelt ook nog met de gedachte het onder pseudoniem aan te bieden. Een goed pseudoniem, een naam die lekker in het gehoor ligt. Geen lange naam, niet te veel lettergrepen. *Mascha Vroom, Inez Lanting, Stefanie Duyn.* Hij krabbelt de namen een voor een op zijn blocnote en oefent handtekeningen.

Het regent al de hele dag en er staat buiten een stevige wind. De takken van de koningslinde in de achtertuin zwiepen door de lucht. De boom begint al uit te lopen. Het appartement in de Ruslandstraat is op de eerste etage. Het zal even wennen zijn om niet direct uit huis de tuin in te kunnen lopen. Maar het is voor tijdelijk. Later koopt hij iets voor zichzelf. Met tuin, daar is geen twijfel over mogelijk. Later.

Hij heeft al twee dagen geen enkel bericht op zijn mobiel bekeken. Hij checkt de lijst van oproepen nog eens extra en bekijkt hem heel zorgvuldig. Geen berichten, nog steeds geen spoor van Ellis te bekennen. Met zijn lippen op elkaar geklemd toetst hij haar nummer in. Er is een stem. 'Dit nummer is op dit moment niet bereikbaar.'

Hij probeert het nog een keer. Het moet toch mogelijk zijn om contact met haar te maken? Hij weet niet eens wat hij gaat zeggen, dat doet er ook niet toe. Die telefoon moet werken, hij wil een beltoon horen, desnoods dat hij teruggebeld zal worden. Hij wil naar de stem van Ellis luisteren, ook al vindt hij dat ze haar eigen voicemailboodschap op een buitengewoon truttige manier heeft ingesproken. Wat maakt het nog uit?

Dezelfde boodschap.

Hij wrijft zijn handen over elkaar en masseert zijn koude vingertoppen.

Zijn maag maakt onbehoorlijke geluiden. Hij moet wat eten, maar zijn keel zit dicht. Op de televisie is de STER-reclame begonnen, nog een paar minuten en dan volgt het achtuurjournaal. Hij zit op de bank en beweegt zijn hoofd een paar keer van links naar rechts om de pijnlijke stijfheid te verdrijven.

De beelden van het journaal dringen nauwelijks tot hem door. Natuurlijk liggen er weer ergens doden op straat, uiteraard is er weer iets vunzigs aan de hand met een regeringsleider. Waar het zich allemaal afspeelt en om wie het gaat, interesseert hem niet. Hij probeert het lamme gevoel in zijn lijf kwijt te raken en iets te verzinnen wat hem oppept. Hij wil de woede terug die zo lekker aanvoelde. De woede om de kuren van zijn vrouw, om de diefstal die zij pleegde, om het kat-en-muisspel waar ze opeens zo'n zin in had. Maar alles is verdwenen. Er is alleen een verlammende leegte die zich halsstarrig overeind houdt in zijn hele lijf. Die zelfs zijn geest in beslag heeft genomen.

En zijn ziel.

Zijn ogen ontdekken de grote blauwe letters. Politiebericht. Zijn hand zet het geluid harder.

'De politie vraagt uw aandacht voor het volgende. De beelden die getoond gaan worden kunnen schokkend zijn.'

Hij luistert en kijkt. Het gaat om een onbekende vrouw die gisteravond dood is aangetroffen. Hij gaat snel rechtop zitten en tuurt naar het beeld.

Een gezicht.

Een gezicht waar de dood op zegeviert.

Hij tuurt naar het beeld en probeert te beseffen dat hij weet wie dit is.

5

Hij heeft de televisie uitgezet en zit doodstil op de bank. De druk op zijn borst is beangstigend, iedere ademhaling doet pijn. Zijn maag draait en hij vlucht naar het toilet. Het braaksel ruikt naar zure wijn.

Het water waar hij de smerige smaak in zijn mond mee probeert te verdrijven, komt er per omgaande weer uit. Hij veegt het vocht van zijn kin en haalt diep adem. Kolere, wat een ellende is dit.

Het geluid dwingt hem terug naar de kamer. De telefoon heeft een irritante beltoon, die heeft Ellis ingesteld. Waarom heeft hij dat jankgeluid al niet eerder veranderd?

Het is Otis. 'Heb je het gezien?'

'Wat?'

'Dat politiebericht op de televisie?'

'O, dat. Ja.'

'Heb je dan niet gezien wie dat was?'

'Ze lijkt erop.'

'Man, ze is het. Ik zag het direct. Ga je niet bellen?'

'Wie moet ik bellen? Heb je nog meer van die stupide vragen?'

'Zeg, wat is er met jou? Stoor ik je soms ergens bij?'

Gustaaf Jelle moet de vraag even tot zich laten doordringen. Hij kan zich niet voorstellen dat Otis er werkelijk op doelt dat hij met een vrouw bezig is. 'Ik ben alleen,' zegt hij kort.

'Dat zal best. Ik niet meer, trouwens. Mijn vrouw is terug.'

Het onderwerp politiebericht is blijkbaar afgehandeld. 'Ik hoop dat dit goed nieuws is.'

'Ga slapen, Gustaaf Jelle, je bent niet te pruimen.'

'Dat maak ik zelf wel uit.' Het volgende moment hoort hij de klik. Mister Otis is beledigd. Misschien belt hij nu de politie en dan komen ze vanzelf naar de Verspronck-weg. Hij heeft dorst, maar zijn maag rommelt er nog lustig op los. Zou een glas koud water al mogelijk zijn? Misschien is een kop thee een beter idee. Op het moment dat hij dit bedenkt, staat zijn hart bijna stil van schrik. De voordeurbel knalt het huis in. Gustaaf Jelle staat doodstil midden in de kamer.

Het geluid van de bel wordt opnieuw het huis in geslingerd. Hij loopt naar de gang en opent de voordeur. Deze keer geen loensende klojo en een pot met een snor. Het lijken zowaar sympathieke kerels. Ze tonen hem een identiteitsbewijs en delen mee dat ze van de recherche zijn en graag even willen binnenkomen.

Annabel

I

Is het gisteren gebeurd of vandaag? Ik ben het overzicht kwijt, doordat ik diep heb geslapen. Soms slaap ik een uur en denk dat het de hele nacht was, maar het komt ook voor dat ik denk dat het de volgende dag is en er maar een halfuur verstreken blijkt te zijn. Op dit moment blijft de vraag bestaan en daar word ik onrustig van. Ik wil me beter kunnen concentreren.

Door muziek kan ik me ontspannen. Licht klassiek, bij voorkeur viool. Of cello, maar dat instrument maakt me soms ook treurig. Ik moet op dit moment niet treurig worden, ik moet me nergens door van slag laten brengen. Ik heb nog iets te doen, iets wat eerder mislukte. Was dat gisteren of eergisteren? Laat ik ophouden met mezelf dergelijke vragen te stellen. Het is niet gelukt, ik moet het nog een keer proberen. De Volte is voor mij, wanneer dan ook.

Ik weet het weer. Er was een geluid in huis, ergens boven. Ik stond doodstil, met mijn hockeystick in mijn hand, en luisterde. Het geluid leek zich te verplaatsen. Hij kwam uit bed. Ik draaide me snel om en zag de verwarmingsthermostaat. Ik zette hem op twintig graden. De krant had ik al op tafel gelegd. Het werd tijd dat ik buiten kwam en ik liep snel naar de voordeur. Twee keer op slot draaien, wist ik nog.

Zou hij iets merken? Zo ja, dan dacht hij misschien dat het spookte op de Verspronckweg. Ik hikte van het lachen en kon er niet mee ophouden. Dat gebeurt vaker tegenwoordig. De lach overvalt me en neemt bezit van me. Het is dodelijk vermoeiend.

Ik ben zo moe, zo uitgeput. Mijn benen slepen achter me aan, mijn armen zijn bijna niet op te tillen. Toch moeten ze nog een keer worden opgeheven, toch moet ik voldoende kracht verzamelen om mijn hockeystick naar de dodelijke plek te leiden.

Waarom komt M niet meer? Ik ben misschien te overheersend geweest. Ik heb niet goed opgelet en haar afwachtende houding te veel genegeerd. M heeft iets in me losgemaakt wat diep verborgen zat. M had mijn litteken mogen zien, ik zou haar hebben toegestaan het aan te raken. Heeft die mogelijkheid haar tegengestaan? Heb ik haar daardoor van me verwijderd?

Ik heb erg naar over haar gedroomd. Het was verschrikkelijk.

Het hele leven is één groot vraagteken geworden. Een onbegaanbare, onveilige weg. Op de televisie zeggen ze dat het nu acht uur is en op de klok is het zeven uur. Waarom doen ze dat? Waarom proberen ze me nog meer in de war te brengen? Wie zijn dat?

Ik zou het aan Felix willen vragen. Hij moet ook voor nieuwe peppillen zorgen, ik heb er nog maar twee. En misschien kan hij dan ook andere morfinepleisters ritselen. Ik wil niet meer naar de dokter, de kanker heeft het me verboden. Dokters zijn slecht, ze verergeren mijn toestand. Ik heb mijn eigen wilskracht nodig, mijn eigen pep. Geef me een paar van die pillen, ze ondersteunen me zo goed. Felix, waar ben je?

Val ook maar dood, voor mijn part. Je hoeft je hier niet meer te vertonen, want je bent een verrader. Iedereen in mijn omgeving is een verrader, behalve de kanker. Die is eerlijk, die zegt waar het op staat. Ik kan mijn grootste vijand tegenwoordig nog beter vertrouwen dan mijn eigen man.

Straks slaap ik weer op de bank. Ik ga niet meer in bed liggen. In bed gaan mensen dood, ik kijk wel uit. Ik wil niet dood, ik wil mijn borst terug, ik wil dat de pijn in mijn botten verdwijnt, ik wil zin hebben in vette patat met kippenbout zonder al misselijk te worden bij de gedachte. Ik wil dat M komt en me vertelt dat het een misverstand was. Ze moet zeggen dat ik de enige ben met wie ze samen wil zijn. Ik wil dat ze alle leugens ontmaskert. M heeft nog nooit iets gehad met Gustaaf Jelle de Volte, die karaktermoordenaar. Felix loog, hij wilde me op stang jagen. Hij probeerde me gek te maken en daarom zei hij het. Hij lachte me uit en die lach maakte me wild. Ik rende naar mijn auto en haalde de hockeystick. Felix greep het ding vast en liep naar de deur van de kelder. Hij smeet de stick naar beneden en draaide zich weer om. Toen gaf ik de duw.

Hij schreeuwde.

Ik schreeuwde ook.

Ik vind het flauw dat hij in de kelder blijft zitten mokken.

2

Misschien hadden we kinderen moeten krijgen. Of misschien had ik vegetariër moeten worden. Ik heb wel eens ergens gelezen dat mensen die geen vlees eten minder vaak kanker krijgen. Ik rook ook al niet en ik ben evenmin een alcoholist. M rookt en drinkt wel, dat ruik je aan haar. Vreemd genoeg heeft me dat nog nooit gestoord, terwijl ik andere mensen bij wie ik het ruik juist vermijd aan te raken. Verliefdheid is een bijzondere sensatie. Vermoeiend, uitputtend zelfs. Ik had niet verwacht dat ik er op mijn negenendertigste zo hevig aan ten prooi zou vallen. Toch gebeurde dat en ik heb me geen seconde verzet. Dit is de heftigste verliefdheid die ik ooit heb meegemaakt, de mooiste, de fijnste. En tegelijk de ergste.

M wil me niet meer. Ik word alleen nog bemind door de kanker, die laat geen gelegenheid onbenut om me te krijgen. Ik heb nee gezegd, maar daar trekt hij zich niets van aan. Hij neemt me gewoon, ik lijk al op hem. De laatste keer dat ik in de spiegel keek, herkende ik mezelf niet, maar hem wel. Hij is lelijk, ik ben lelijk. Eens was ik mooi, fotogeniek en charmant. Dat zeiden ze over me. Ze zeiden ook dat ik iets mysterieus had en dat vond ik fijn. Het maakte me speciaal en ik heb altijd al speciaal willen zijn. Waar is iedereen toch gebleven?

Is het ochtend of avond? Of nacht? De klok staat op negen uur en het is buiten licht. Dan is het ochtend. Ik wil schone kleren aantrekken en onder de douche. Dat doe ik later, ik ga eerst M bellen.

'Wie bent u?' vraagt de stem. Het is een man, ik ken hem niet.

'Ik heb het verkeerde nummer gekozen,' zeg ik, en ik verbreek direct de verbinding. Nummer nakijken, nog een keer proberen. Weer die man. Weer de vraag wie ik ben. Dat ga ik hem mooi niet vertellen, je weet nooit wat iemand met je naam van plan is. 'Ik zoek mijn M, is ze daar?'

'Wie is uw M?'

'Krijg de kanker, zak.'

Klopt het toch? Heeft ze een ander? Dit was zeker geen bekende stem, wie was het? Is het waar, had Felix gelijk? Ik kan zoveel niet onthouden, maar ik onthoud wel wat ik graag zou willen vergeten. Zelfs mijn gedachten horen niet meer bij me, net zoals mijn lijf. Ik heb heimwee naar mezelf.

Help me toch, help me. Ik heb niemand kwaad gedaan. Geloof me toch.

Gustaaf Jelle

I

Maandag 28 maart

De man die zich heeft voorgesteld als Siebe de Vrij is het meest aan het woord. Hij giet de koffie in één teug naar binnen.

Gustaaf Jelle ziet goed dat de andere rechercheur om zich heen kijkt en hij heeft de neiging hem een rondleiding door het huis aan te bieden.

Hij wil naar bed en die lui maken maar geen aanstalten om op te stappen. Ze informeren tamelijk omslachtig naar de verblijfplaats van Ellis en hij schijnt niet overtuigend genoeg te antwoorden dat hij niet weet waar ze zich verschanst heeft.

De Vrij kucht een paar keer. 'Wij zijn geïnteresseerd in de verblijfplaats van uw vrouw, omdat wij hebben ontdekt op welk adres zij een huis heeft gehuurd.'

Gustaaf Jelle blijft hem aankijken en vertrekt geen spier. 'Als u dat zo goed weet, waarom komt u het dan aan mij vragen?' De rechercheur kucht weer. Misschien wil hij een glas water, maar dan vraagt hij er maar om. 'Ze is weggegaan zonder mij ergens van op de hoogte te stellen.' Hij hoort de boosheid in zijn eigen stem en vraagt zich af of dit een verstandige uitspraak was.

'Er is eerder op de avond een politiebericht op de televisie geweest. Hebt u dat gezien?'

'Ja.'

'Het slachtoffer dat getoond werd, is gevonden in de tuin van een huis in Bloemendaal. Het werd ontdekt tijdens een bezichtiging van het buurhuis. Wij hebben vastgesteld dat het huis waar de misdaad plaatsvond is gehuurd op de naam van uw vrouw. Uw vrouw heet toch Ellis van Dam?'

'De Volte-van Dam. Ze noemt zich altijd De Volte, voor zover ik weet.'

'In dit geval dus Van Dam. Goed, om duidelijk te zijn: wij hebben haar niet op dit adres aangetroffen, vandaar onze vraag aan u. Hebt u enig idee waar ze kan zijn?'

Het antwoord ontglipt hem. 'Ze zou bij mijn vader kunnen zijn.'

Waar kan Ellis anders zijn? Ze is erg close met zijn vader en die vrouw, veel te close wat hem betreft. Toen ze niet van plan bleek te zijn om dat contact te verbreken, besloot hij erover te zwijgen. Over wat hij niet wist hoefde hij zich ook niet druk te maken.

Maar het stak hem, meer dan hij aan zichzelf wilde toegeven.

'Waar woont uw vader, meneer De Volte?'

Hij geeft het adres. 'Gaat u daar nu nog naartoe? Zo laat op de avond?'

'Wij zijn met een moordonderzoek bezig en daarbij is het tijdstip van gesprekken van ondergeschikt belang. Is uw vrouw telefonisch bereikbaar?'

Hij schrikt van de vraag en de rechercheur ziet het. 'Waarom schrikt u?'

'Ik heb geprobeerd haar te bereiken, maar haar mobiele nummer leek te zijn afgesloten. Ik denk dat ze een nieuw nummer heeft genomen om niet door mij…'

'Het raakt u nogal, haar vertrek.'

Totaal niet, zou hij willen zeggen. Het enige wat mij raakt is wat ze daarna deed en het enige wat ik van plan ben is om me alleen dáár nog druk over te maken. 'Ja, het raakt me.' De vier woorden blijven ergens achter in zijn strot steken.

'Ik neem aan dat u ook een telefoonnummer van uw vader heeft? Leven uw beide ouders nog?'

De vraag komt aan als een mokerslag. Gustaaf Jelle voelt dat hij zijn schouders optrekt en zijn armen tegen zijn borst klemt.

Siebe de Vrij staat voor hem en raakt hem aan. 'Gaat het wel goed met u, meneer De Volte?'

Gustaaf Jelle slikt een paar keer. 'Het gaat wel. Mijn moeder is dood.'

'Sinds kort?'

'Nee, het is al jaren geleden. Maar soms komt het opeens heel dichtbij.'

'Ik begrijp het. Hebt u zijn telefoonnummer?'

'Nee. Ik heb al jaren geen contact meer met mijn vader. Maar ik weet wel waar hij woont.'

De heren zijn vertrokken en ze hebben een diepe stilte achtergelaten.

Gustaaf Jelle merkt dat zijn maag ergens mee gevuld moet worden. Hij is niet misselijk meer, maar blijft toch voorzichtig. De beschuit met een beetje boter en jam valt goed. Nog maar een. Een glas melk glijdt ook zonder problemen naar binnen. Hij zou het aannemelijk vinden als hij nu aan Ellis dacht.

Hij denkt aan zijn moeder.

2

Ze vertelde het verhaal over de kinderen die geen ouders hadden en rondzwierven over de wereld. Het was zijn favoriete verhaal en hij wilde minstens drie keer per week dat ze het vertelde.

'Waarom vind je dat toch zo mooi?' vroeg ze. 'Wat is er zo leuk aan een verhaal over kinderloze ouders?'

'Het is avontuurlijk,' zei hij, 'en het is niet echt.'

'Nee, het is niet echt en het geldt zeker niet voor jou. Jij hebt een vader en een moeder die heel erg veel van je houden. Vooral je moeder is helemaal verliefd op je.' Ze kietelde hem en ze stoeiden.

Het leven was heerlijk.

Er was iets aan de hand, dat merkte hij aan zijn vader. Die fluisterde van alles tegen zijn moeder in de keuken, maar hij was niet te verstaan. Gustaaf Jelle ving toch één woord op. 'Baby'.

Baby?

Hij was toch geen baby? Hij was negen en al groot. Dat zei zijn moeder ook steeds, de laatste tijd. 'Je bent al zo groot, word je niet te oud om iedere avond een verhaal te willen?'

De vraag had iets verraderlijks in zich, een onbestemde gluiperigheid. Hij leek de voorbode van slecht nieuws.

Zijn moeder had in de gaten dat haar vraag hem niet beviel en ze compenseerde haar schuldgevoel met extra aandacht en een extra verhaal. Zijn vader mopperde dat ze 'het kind' te veel verwende en dat hij hierdoor straks helemaal niet zou kunnen wennen aan minder aandacht.

Minder aandacht?

Baby?

Er begon een duister vermoeden in hem te rijzen en de gedachte alleen al benam hem bijna de adem. Op een avond vroeg hij het. 'Krijgen wij soms een baby?' Hij verwachtte dat zijn moeder zou zeggen: 'Er komt helemaal geen baby.' Maar ze riep verrukt: 'Je hebt het al geraden, vind je het niet geweldig? Misschien wordt het een zusje, je zou toch wel een zusje willen hebben? Of een klein broertje? Dan leer jij hem alles, je zult zijn grote voorbeeld zijn. Zijn held.'

Hij staarde haar aan.

'Zeg eens wat, je bent toch blij? We hadden nooit gedacht dat er nog een kindje bij zou komen.'

Hij haatte haar en het verbaasde hem niet eens. Hij keek naar haar buik en zag dat ze dikker was geworden. Hoe was het mogelijk dat hij het niet eerder had gezien?

Ze volgde zijn blik en legde haar handen beschermend op de walgelijke uitstulping. 'Ik ben er zo blij mee, lieverd. En ik weet zeker dat jij er straks ook blij mee zult zijn, als je eenmaal aan het idee gewend bent geraakt. Er verandert niets, ik hou evenveel van jou en dat zal nooit minder worden. Kijk me eens aan en zeg me na: Mama houdt het meest van mij.'

Hij draaide zijn rug naar haar toe en weigerde antwoord te geven.

Drie dagen later was zijn moeder dood.

3

De klok slaat twee keer. Gustaaf Jelle zit nog steeds in dezelfde houding aan de keukentafel en voelt dat zijn rechtervoet slaapt. Hij probeert zijn tenen te bewegen.

Alles om hem heen is stil, alleen de klok tikt de uren weg. Zouden ze al bij Ellis zijn geweest? Hebben ze haar gearresteerd?

Vlak voordat de rechercheurs de deur uit stapten, heeft hij gezegd dat hij zeker wist dat zijn vrouw geen moord kon plegen. 'Ze is een gemoedelijk mens,' legde hij uit. 'Te goed voor deze wereld. Ze slaat nog geen vlieg dood, zelfs geen wesp. Ze zet iedere spin die ze in huis aantreft buiten. Ik weet zeker dat ze niets met die moord te maken kan hebben.'

De heren antwoordden niet en groetten beleefd.

Hij kan wel in bed gaan liggen, maar het zal hem niet lukken om te slapen. Waarom belt zijn vader niet? Er moet al lang iets bekend zijn over wat er met Ellis is gebeurd. Opeens twijfelt hij. Zou ze niet bij zijn vader zijn? Maar waar dan wel? Hij wil niet aan andere mogelijkheden denken.

Halfdrie. Er gaat iets gebeuren, hij weet het zeker. Hoort hij nu een geluid in de tuin? Voorzichtig schuift hij het gordijn opzij en tuurt in de duisternis. Het licht van de straatlantaarn schijnt precies op het pad dat naar de voordeur leidt. Er is niemand. Achter hem is een geluid. Hij grijpt de telefoon en drukt op de groene toets.

'Ben jij dat, Gustaaf Jelle?'

Wie anders, zou hij willen zeggen.

'Met je vader.'

'Is ze bij jou?'

'Ze was inderdaad bij ons. Ze is nu mee voor verhoor en een verklaring.'

'Een verklaring? Is er een advocaat gebeld?'

'Daar heb ik voor gezorgd.'

'Midden in de nacht?'

'Midden in de nacht, het is iemand die we goed kennen.'

'Ze heeft er niets mee te maken.'

'Dat ben ik met je eens.'

'Ellis is niet in staat om iemand te vermoorden.'

'Dat ben ik ook met je eens.'

Gustaaf Jelle zou tegen zijn vader willen schreeuwen dat het hem niet interesseert of hij het met hem eens is en dat deze gebeurtenis de deur zeker niet voor hem openzet.

'We gaan nu slapen, dat kun jij misschien beter ook doen. Zodra we meer weten, bel ik je. Welterusten.'

Gustaaf Jelle antwoordt niet en drukt op de rode toets. Dit is de omgekeerde wereld, hij hoort zelf degene te zijn die informatie verstrekt. Hij is moe. Bekaf, uitgeput.

Uitgewoond.

Toch weet hij zeker dat hij geen oog dicht zal doen.

Annabel

I

Er gebeurde nog iets. Wanneer was dat toch? Mijn uitgever belde. De chaos in mijn hoofd maakt me zo moe. Ik kan niet in de juiste volgorde meer denken. Maar ik weet nog wel dat er iets aan de hand was met het manuscript.

Mijn uitgever had het gelezen en vond het goed. De klank in zijn stem beviel me niet. 'Hoor ik iets van aarzeling?' vroeg ik, en ik wachtte op een ontkennend antwoord.

'Ja,' zei hij.

Van het verhaal dat daarop volgde herinner ik me flarden. Hij zei eigenlijk niet zoveel over het manuscript, behalve dat het volgens hem mijn stijl niet was. Hij zei meer over mij, stelde me lastige vragen en betwijfelde zelfs ongegeneerd mijn verstandelijke vermogens. Hij vroeg of ik een drankprobleem had of misschien een drugsprobleem.

Ik schold de kleren van zijn lijf tot Felix ingreep. Ik kan me niet herinneren ooit in mijn leven zo kwaad geweest te zijn. Of toch wel. Ik werd nog een keer zo kwaad, later op de dag.

Of eerder?

De ruzie met Felix staat me nog helder voor de geest. Eerst probeerde hij me te sussen en gerust te stellen, maar toen ik over M begon, werd hij narrig. 'Die komt niet meer, heb je dat nu nog niet begrepen? Die heeft allang in de gaten dat er iets mis is met jou en ze werpt zich liever op je vijand.'

Ik schrok. 'Welke vijand?'

'Gustaaf Jelle de Volte. Je gaat me toch niet vertellen dat je niet weet dat ze het ook met hém doet? Dat weet iedereen en iedereen weet ook dat ze daar vanzelf genoeg van krijgt en een ander slachtoffer zoekt. Ik heb het je al eerder gezegd, daar is inmiddels half Haarlem overheen gegaan.'

Ik bonkte mijn hoofd tegen de deur om de naam te verwijderen. Gustaaf Jelle de Volte, Gustaaf Jelle de Volte, Gustaaf Jel... Felix trok me weg en schudde me door elkaar. 'Ophouden, jij! Beheers je eens een beetje.'

Ik rukte me los en rende naar de voordeur.

'Waar ga je naartoe?' Zijn stem sloeg over.

'Ik pak dat wijf van hem,' gilde ik. 'Ik slacht haar! Dat ben ik vanaf het begin van plan geweest en dat had al lang gebeurd moeten zijn!'

Toen lachte hij, zo is het gegaan. Hij lachte hard en smalend en ik haalde de hockeystick. En later heb ik in de kelder de stick weer opgepakt.

Ik was misselijk toen ik naar Bloemendaal reed. Het kostte me moeite om mijn maag in bedwang te houden. Maar ik zette door. Er was geen pijn, geen zwakte, geen doodsangst, geen kanker. Er was maar één ding: een doel. Het doel dat Ellis de Volte heette en dat moest worden vernietigd. Toen ik bijna bij het huis was, belde ik M. Ze zei dat ik haar niet meer moest bellen. Ik vertelde haar wat ik ging doen.

Ik was kalm toen ik mijn auto op de oprit van het huis parkeerde. Ik pakte de hangmat en de hockeystick en liep rustig naar de voordeur, zette de stick even tegen de muur om de deur te kunnen openen en stapte naar binnen. Mijn hoofd was helder.

Ze was er niet. Er hing geen jas aan de kapstok en er stond geen handtas in de kamer. Vrouwen nemen meestal hun handtas mee als ze weggaan. Ik stelde vast dat ze een boodschap was gaan doen en ik legde de hockeystick op de tafel in de woonkamer. Buiten was het droog, maar de schemering kwam snel naderbij. Ik liep de tuin in en zag dat de mat precies tussen de achterste bomen zou passen. Zodra hij hing, ging ik er even in liggen. Vanaf dat moment zijn mijn gedachten weer een complete chaos geworden. Eerst was er die idiote droom en daarna was ik opeens terug in mijn eigen huis en klemde ik een hockeystick onder mijn oksel. Op het moment dat ik mijn eigen woonkamer in kwam, hoorde ik Felix weer zeggen dat M het deed met Gustaaf Jelle de Volte. En toen duwde ik hem. Of was dat toch eerder?

Ik had dorst en liep naar de keuken. Daar zat Felix. Ik rende naar de kamer en daar zat hij ook. Tegenover hem zat M. Felix zei dat hij M ging vermoorden en in een hangmat zou leggen, precies zoals in het manuscript beschreven was.

Ik zei dat de vrouw van de schrijver het slachtoffer moest worden.

'Ik pak liever die M,' antwoordde hij met weer die harde, smalende lach.

Toen explodeerde er iets in mijn hoofd.

Ik zou zo graag een heel etmaal willen slapen in mijn eigen bed, maar om boven te komen moet ik langs de deur van de kelder. Dat is niet goed.

Ik slaap nog maar even op de bank.

2

Ze lag in de hangmat, haar gezicht zat vol bloederige strepen en haar hoofd lag in een vreemde stand. Ik gilde toen ik haar vond. Ik wist dat Felix dit had gedaan. Bij de voordeur lag mijn hockeystick en ik raapte hem op. Hij lag op mijn schoot toen ik naar huis reed. Ik hield hem stevig vast toen ik naar binnen ging en Felix riep.

Hij heeft haar eerst vermoord en me toen zo woedend gemaakt dat ik het huis uit rende. Wat deed hij dat slim, wat was hij geniepig. Hij wist dat ik mijn woede op de mollige Ellis zou richten als hij mijn M in verband bracht met Gustaaf Jelle de Volte. Als ik haar neersloeg in dat huis, zou iedereen denken dat ik M ook had gepakt. Maar ik heb die Ellis nooit gezien.

Alles is opeens helder en duidelijk, ik weet precies wat er is gebeurd. Laat ze hem oppakken, ik zal tegen hem getuigen.

Waarom laten ze me niet uitspreken? Waarom stellen ze steeds dezelfde vragen? Wie heeft die lui eigenlijk gebeld?

Mijn uitgever is niet bij me weg te slaan. Hij blijft maar herhalen dat de vrouw van Gustaaf Jelle de Volte zich bekend heeft gemaakt. Bekendgemaakt? Hoezo? Wat heb ik daarmee te maken? Ik wil dat M terugkomt. Ze is niet dood, dat heb ik gedroomd. Ik weet ook niet waarom ik eerst dacht dat het echt gebeurd was, ik kan mijn eigen gedachten niet meer volgen, ik was altijd al een chaoot. Mijn uitgever weet dat, dus waarom schudt hij met zijn hoofd als ik dat zeg? Ik kots van het medelijden in zijn blik, in zijn woorden, in zijn vragen. Donder toch op met je empathische bullshit. Hoe bedoel je, grof? Ben ik grof? Weet je wat grof is? M in een hangmat, dat is grof. Natuurlijk was het echt, waarom zeggen ze dat ik eerst beweerde dat het een droom was?

Er zit een man voor me die zegt dat hij mijn huisarts is. Ik ken hem niet, ik weet zeker dat ik hem nog nooit heb gezien. Niemand hoeft te proberen mij iets wijs te maken. Als je een dokter op me af wil sturen, neem dan een echte, niet deze lulhannes.

'Ze kan niet verhoord worden,' zegt de zak. 'Ze is te ziek en te erg in de war. Ze moet worden opgenomen in een ziekenhuis. Of in een hospice.'

Nou ja, ze doen ook maar. Ik wil wel ergens zijn waar ik rustig kan liggen en goede medicijnen krijg. Die heb ik nodig om de kanker te genezen. Veel medicijnen, zo veel mogelijk. Het maakt niet uit hoeveel, ik slik alles wat ze me geven. Leg me maar aan het infuus, pomp me vol met chemo. En zorg ervoor dat M op bezoek komt.

De man die nu met me praat zegt dat hij geen dokter is, maar rechercheur van politie.

Heel interessant.

Hij vraagt of het mogelijk is dat ik M zelf heb vermoord. Ik? Is dat mogelijk? Ze had niet met die man mogen neuken, juist niet met hem. Het is heel goed mogelijk dat ik haar zelf heb vermoord. Ik kan me er alleen niets van herinneren.

Gustaaf Jelle

I

Woensdag 30 maart

Op het moment dat hij de voordeur opent, weet hij wie er voor de deur staat. Het maakt hem niet uit, als hij die vrouw maar niet bij zich heeft. Zijn vader is alleen. Ze geven elkaar een hand. 'Zo jongen, daar ben ik.'

Gustaaf Jelle voelt zich rustig. Hij heeft vannacht eindelijk weer eens goed geslapen en zag tijdens het scheren dat de wallen onder zijn ogen zijn weggetrokken.

De tijd valt weg, je zou toch niet geloven dat ze elkaar al minstens tien jaar niet gesproken hebben. Langer, zelfs.

'Hoe gaat het met je?' wil zijn vader weten. 'Moet je eigenlijk niet werken?'

'Ik ben ziek gemeld.'

'O. Nou, dat lijkt me ook verstandig onder deze omstandigheden.'

'Is Ellis nog…'

'Ze is weer vrij. Ze is ook niet meer verdacht.'

'Niet meer? Dat was dan een goede advocaat.'

'Het heeft haar allemaal heel erg aangegrepen.'

'Wat moet ik me voorstellen bij dat "allemaal"?'

'Wat er in dat huis gebeurd is nadat ze was gevlucht. Je moet er toch niet aan denken wat die Annabel Schot had gedaan als Ellis niet op tijd had kunnen wegkomen.'

'Het was dus Annabel Schot.'

'Daar gaan ze van uit. Ze schijnt eerst haar man ver-

moord te hebben en daarna haar minnares. Die schijn jij
ook te kennen. Ik bedoel Minoes Groothuizen.'

'Ja, die ken ik.' Gustaaf Jelle vraagt zich af wat zijn
vader precies weet.

'Ellis vertelde dat ze dat huis in Bloemendaal had gehuurd om een time-out te nemen.'

'Klopt.'

'Zoiets komt in de beste huwelijken voor.'

Ook in dat van jou, zou Gustaaf Jelle nu willen vragen.
Ook in dat perfecte tweede huwelijk van jou? Hebben jij
en die vrouw ook wel eens een time-out nodig? Komt dat
soms doordat je wel erg snel na de dood van mijn moeder
weer met een ander wijf kwam aankakken?

Hij zwijgt.

'Ik kwam eigenlijk langs om je te vertellen dat Ellis
nog een paar dagen bij ons blijft. Ze is erg emotioneel en
ze moet even bijkomen.'

'Dat is goed. Ik kan ook nog wel wat rust gebruiken.
Heeft ze geen kleren nodig?'

'We hebben haar spullen uit het huis in Bloemendaal
opgehaald, nadat de technische recherche alle onderzoeken
had afgerond.'

'Heeft ze eigenlijk bekend, Annabel Schot?'

'De advocaat vertelde dat ze niet meer volledig toe-
rekeningsvatbaar is. Ze heeft kanker, ze gaat dood. Zeer
binnenkort. Maar uit haar woorden is wel duidelijk geworden dat ze beide moorden heeft gepleegd. Het schijnt
nogal een zootje geweest te zijn in dat huwelijk.'

'In welk huwelijk niet?'

Zijn vader glimlacht. 'Ach…' Hij staat op. 'Je bent niet
veel veranderd. We vinden het jammer dat je geen contact
wil, jongen.'

'Ik laat je even uit.'

Bij de voordeur schudden ze weer handen. Als de deur achter zijn vader is dichtgeslagen, wankelt hij. 'Annabel Schot gaat dood,' mompelt hij voor zich uit. 'Zeer binnenkort. Dus Annabel Schot gaat dood.'

2

Zaterdag 2 april

Ze is afgevallen. Ze lijkt ook kleiner geworden. Gustaaf Jelle steekt zijn hand naar haar uit, maar ze ontwijkt hem.

'Ik heb goulash gemaakt,' zegt hij.

Ze knikt. 'Lekker.'

'Wil je eerst... je spullen uitpakken? Of douchen? Koffie? Al eten?' Hij wordt beroerd van zijn eigen gehakkel.

'Ik wil wel koffie. Ben je nog steeds ziek gemeld?'

'Ja. Ik kan me niet op mijn werk concentreren.'

'Hoe komt dat?'

'Door alles wat er gebeurd is. Jouw vertrek, de manier waarop. De diefstal van mijn manuscript.'

'Heeft het ook iets te maken met de dood van je minnares? Ze is vermoord, dat zal toch iets met je doen?'

'Minder dan ik verwacht had. De relatie was wat mij betreft al over.'

'Dus haar dood komt jou goed uit?'

'Wat ben je cynisch, Ellis.'

'Ik stel je een vraag, Gustaaf Jelle.'

'Ik bedoel dat ik er weinig bij voel. Voelen is geen talent van me, dat weet je.'

'Ja, dat weet ik.'

Hij heeft geen zin in dit gekissebis en zoekt een manier om ervanaf te komen. Een vriendelijke manier, zodat ze zich niet afgewezen voelt. Ze heeft iets meegemaakt, ze is doodsbang geweest voor Annabel Schot. Zoiets zei zijn vader toch? Ze had maar net op tijd weg kunnen komen. 'Kun je het allemaal een beetje verwerken? Ik bedoel, wat er gebeurd is in dat huis? Mijn vader vertelde dat je bent gevlucht voor Annabel Schot. Ze heeft kanker, ze gaat dood. Dat is erg. Zoiets gun je niemand.'

'Toch wel.' Ellis glimlacht. Zowaar, ze glimlacht, terwijl ze iets zegt wat totaal niet bij haar past. 'Ik denk dat jij het haar gunt. Als ze eenmaal dood is, kan ze niet meer praten. Dan kan ze geen heldere momenten meer hebben en geen dingen meer zeggen die anderen verdacht kunnen maken.'

'Wat bedoel je?'

Ellis kijkt hem strak aan. De blik in haar ogen bevalt hem niet. 'Ik ben pas gevlucht nadat Minoes was vermoord,' zegt ze. 'Ik zat al die tijd in de kast onder de trap.'

3

Hij had zich voorgenomen het te vergeten. Dat is hem eerder ook al gelukt, dus dat kon geen probleem zijn. Hij had besloten om vrijdag 25 maart te wissen. Vierentwintig uur geen beeld en geen geluid.

'Ik ben pas gevlucht nadat Minoes was vermoord. Ik zat al die tijd in de kast onder de trap.'

Die woorden maken vluchten onmogelijk.

Hij begreep niet waarom Minoes hem belde. Ze was opgewonden en struikelde over haar woorden. Ze noemde een adres in Bloemendaal. Weer Bloemendaal, maar nu niet de C. Schulzlaan.

Hij wilde het niet horen en probeerde haar te onderbreken. Ze werd giftig. 'Het gaat om je eigen vrouw,' zei ze en ze voegde eraan toe dat Annabel Schot van plan was om Ellis te vermoorden.

Hij had zin om te lachen, dat weet hij nog goed. Schaterlachen, bulderen. Hij wilde haar duidelijk maken dat alle wijven in zijn ogen krankzinnige hysterica's waren. Toch was er iets in haar stem wat hem daarvan weerhield. 'Wat weet jij van Annabel Schot?' vroeg hij. 'Sinds wanneer ben jij op de hoogte van wat zij van plan kan zijn?'

'Ik heb een tijdje met haar gevreeën,' antwoordde Minoes.

Hij verbrak resoluut de verbinding. Tien minuten later was hij op weg naar Bloemendaal.

Vrijdag 25 maart is een dag geworden waar hij geen donder van begrijpt. Hoewel…

Het was een groot huis, het linkerdeel van een twee-onder-een-kap. Het rechterhuis stond te koop. Hij ontdekte een auto op de oprit en parkeerde die van hem wat verderop in de straat. Het was een stille straat, een doodse bende. Het bos waar iedereen op uitkeek, straalde vijandigheid uit. Gustaaf Jelle dacht dat hij in deze straat nog niet dood gevonden zou willen worden.

De voordeur stond een stukje open en hij aarzelde. Hij keek snel om zich heen, er was nergens iemand te bekennen. Hij duwde de deur heel voorzichtig verder open en luisterde.

Er hing een diepe stilte in het huis. Hij sloop de gang in en luisterde opnieuw. Geen enkel geluid. De deur van de kast onder de trap stond op een kier. Hij sloot de deur en luisterde weer. De stilte was tergend, hij wilde geluiden horen. Was Ellis hier? Waar dan? Wat deed hij hier eigenlijk? Hij wilde weg.

Toch liep hij eerst de woonkamer in en ontdekte de hockeystick op de tafel. Hij bekeek het ding aandachtig, maar raakte hem niet aan. Er was een grote tuin achter het huis. Hij tuurde door het raam naar de duisternis en schrok. Er was iets achter in de tuin. Toen vond hij de slapende Annabel Schot in de hangmat. Hij weet nog dat hij dacht dat in zijn eigen schuur dezelfde hangmat lag.

Annabel zag er verschrikkelijk slecht uit. Haar gezicht leek doorschijnend, de jukbeenderen staken omhoog. Eén blik op haar lijf maakte duidelijk dat ze sterk was vermagerd. Ze sliep heel diep.

Maar waar was Ellis?

Hij liep terug naar het huis, greep de hockeystick van de tafel en rende de trap op. Alle kamers waren stil, bijna ingehouden stil.

Doodstil.

Hij moest even op adem komen. Toen hoorde hij beneden een stem.

Het gesprek vond plaats terwijl hij boven aan de trap stond en zij halverwege was. Ze schreeuwden allebei, ze waren allebei geladen.

Minoes begon. 'Als jij beter voor je eigen vrouw had gezorgd, was dit nooit gebeurd,' zei ze.

Hij klemde zijn hand om de hockeystick.

'Ben je soms van plan me met dat ding een optater te geven?' Haar ogen waren één bonk minachting.

'Wat moet je van me?' vroeg hij. 'Waarom lok je me hierheen? Heb je soms zin in een trio? Je doorschijnende vriendin ligt te slapen in de tuin. Je kunt haar maar beter binnenhalen, ze vat nog kou.'

Toen zei Minoes het. Toen sprak ze de woorden uit die het sein gaven voor een monsterlijke conversatie. 'Jij hebt echt geen greintje respect voor vrouwen, Gustaaf Jelle. Maar hoe kan het ook anders met jouw geschiedenis.'

Ze bleek het over zijn moeder te hebben.

'Wat heb je precies gehoord?' vraagt hij aan Ellis.

'Alles, alles.' Haar stem breekt.

Ellis

I

Zaterdag 2 april

'Ik had iemand nodig met wie ik kon praten,' zegt ze. 'Felix trainde iedere dag in de sportschool en we raakten bevriend. Ik wist vrijwel vanaf het begin dat hij de echtgenoot was van Annabel Schot en hij raadde me aan dat niet aan jou bekend te maken. Daarom creëerden we Edith Waldorf.' Ze plukt aan haar vingers. 'Ik werd verliefd,' gaat ze verder. 'Ik dacht dat ik met hem verder wilde, zeker toen ik in jouw manuscript de haat las en besefte dat je die regelrecht op mij gericht had. Ik vertelde Felix alles over dat verhaal en hij vertelde mij dat Annabel een nieuw manuscript nodig had. Toen bood jij het ook nog eens zelf bij haar aan. Je hebt het echt allemaal aan jezelf te danken.'

Praten is vermoeiend, de stress zit nog in haar hele lijf. Ze kan het moment dat ze in de gang stond en de voetstappen hoorde die de voordeur naderden niet kwijtraken. Dat moment veroorzaakt nog steeds paniek. De sleutelbos rinkelde en ze kon maar één vluchtweg bedenken: de kast onder de trap. Het lukte niet meer om de deur te sluiten en ze stond rillend van angst in de kast en wachtte op het moment dat ze ontdekt zou worden. Maar dat gebeurde niet.

Er waren driftige voetstappen die zich verwijderden. Daarna werd het stil. Ellis durfde niet uit de kast te komen en ze durfde evenmin de deur te sluiten. Ze vermoedde dat Annabel zich ergens verdekt had opgesteld en wachtte op een geluid dat haar schuilplaats kon verraden. Dus ze bleef staan en verroerde zich niet. En ze probeerde haar ademhaling in bedwang te houden.

Het leek uren te duren voordat ze opnieuw voetstappen hoorde. Toen werd de deur voor haar neus dichtgedaan en kon ze niets anders doen dan luisteren naar het geweld dat zich boven haar hoofd afspeelde.

'Ik heb Felix veel te veel verteld,' zegt ze. 'En ik heb niet in de gaten gehad dat hij het op zijn beurt weer verder vertelde. Aan Annabel, waarschijnlijk. En die was helemaal gefixeerd op Minoes. Zo komen de praatjes in de wereld.'

'Welke praatjes?' Gustaaf Jelle fluistert de vraag bijna.

'Het verhaal over de dood van je moeder en jouw mogelijke betrokkenheid daarbij. Je vader heeft me het verteld. De symbiose tussen jullie, jouw afwijzende houding ten opzichte van de baby die zou komen, de zorgen over het zwakke hart van je moeder. Hij heeft er altijd spijt van gehad dat hij haar opnieuw zwanger had gemaakt, omdat de hartspecialist hem dat zo nadrukkelijk had afgeraden.'

Haar handen liggen nu stil op de tafel. 'Ik had daar nooit met Felix over mogen praten, dat besef ik goed. Ik had me niet moeten laten uithoren, want dat deed hij. Maar ik was verliefd en dacht niet goed na. Tegen de tijd dat ik weer helder begon te denken zat ik al in Bloemendaal en had ik al toegestemd in dat idiote idee om je manuscript te stelen.'

'Mijn moeder kreeg een hartaanval,' zegt Gustaaf Jelle.

'En ik raakte in paniek. Ik was negen jaar, ik had geen ervaring met kritieke situaties en ik rende weg in plaats van hulp te halen. Toen ik terugkwam was het stil in huis. Ik durfde niet naar boven te gaan en bouwde een kasteel van mijn lego. Ik zal haar uitpuilende ogen nooit kunnen vergeten. Ik zal ook de verwijtende ogen van mijn vader nooit kunnen vergeten. En ik zal nooit van baby's houden.'

'Ik hoorde de woede boven me, toen ik in de kast zat,' gaat Ellis verder. Ze wil de betekenis van de woorden van Gustaaf Jelle nog niet tot zich laten doordringen. 'Ik hoorde de verwijten van Minoes, de valse manier waarop ze je aanviel. Ze had heel wat af te rekenen en jij was volgens mij een uitstekende gelegenheid.'

'Ze zei dat ik mijn moeder had vermoord,' zegt Gustaaf Jelle.

Ellis hoort de afstand in zijn stem, de bekende afstand. 'En toen haalde je uit.'

'Ik had mezelf niet meer in de hand. Het was een uitglijder.'

Ze is terug in de kast, de stemmen boven haar hoofd zwellen aan en worden steeds heftiger. De tekst van Minoes is bekend, ze zou de vrouw willen tegenhouden. Haar benen kunnen haar romp niet meer dragen en ze gaat op de grond zitten. Het verbale geweld gaat maar door, ze fluistert dat ze moeten ophouden. Waarom komt Annabel niet tevoorschijn? Staat ze soms gewoon te luisteren?

Een gil, een donderend geluid boven haar hoofd. Een flits terug in de tijd. Dit overleeft ze niet.

Er rennen voetstappen boven haar, ze komen de trap af. Gustaaf Jelle schreeuwt dat zijn moeder van hem is en van niemand anders. Zwiepende geluiden, bonkende geluiden.

Ze slaat haar handen voor haar mond en moet overgeven.

Doodse stilte en gesnik.

Slepende geluiden.

Ellis is de eerste die de stilte verbreekt. 'Een uitglijder? Noem je dat zo? Als ik het goed begrepen heb, lag Annabel Schot te slapen op de bank en jij sleepte rustig het dode lichaam van je minnares naar de tuin en dropte het in de hangmat.'

'Annabel lag te slapen in de hangmat en ik heb haar eerst op de bank in de woonkamer gelegd. En daarna heb ik inderdaad Minoes in de hangmat gedropt. Toen ben ik in mijn auto gestapt en naar huis gereden. En ja, ik noem het een uitglijder. De eerste van mijn leven en wat mij betreft de enige.'

'Het was de tweede, Gustaaf Jelle, en dat weet je heel goed.'

Het is al veertien jaar geleden en het lijkt nu gisteren. Hij stond boven aan de trap en zij liep hem tegemoet. 'Ik heb iets bedacht,' zei ze, en ze wreef haar handen over haar buik. 'Hij schopt, voel maar.'

Gustaaf Jelle bewoog zich niet.

'Ik heb bedacht dat we de baby naar je moeder kunnen vernoemen. Een meisje wordt Ariane en een jongen Arian. Wat vind je daarvan?'

'Blijf van mijn moeder af,' zei hij met een harde stem. 'Mijn moeder is van mij.'

'Je moeder is dood. Je zou haar op deze manier kunnen eren, in plaats van zo ziek met haar nagedachtenis om te gaan.'

Toen haalde hij uit en verloor zij de baby.

'Het was de tweede,' herhaalt ze.

'Wat is er met mijn manuscript gebeurd?' wil hij weten.

Ellis heeft het koud, haar vingertoppen zijn dood, haar tenen doen pijn. Ze kan nauwelijks praten. 'Je moet weggaan,' probeert ze te zeggen.

Hij reageert niet.

Ze haalt diep adem. 'Je moet weggaan.'

'Dat is goed. En wat doe jij? Geef je me aan? Komt dat manuscript nog eens terug?'

'Waarom zou ik je aangeven? Daardoor wordt niemand meer levend. Ik heb een verklaring afgelegd en ik denk dat ze me geloven. Ik heb gemeld dat ik de kast in vluchtte en hoorde dat Annabel en Minoes ruzie kregen en vochten. Dat er iemand van de trap viel, er bonkende geluiden waren en er iets werd weggesleept. Dat ik daarna naar je vader ben gegaan en van plan was om zelf later de politie te bellen. Annabel staat stijf van de morfine, met haar is geen zinnig woord meer te wisselen. Ze haalt alles door elkaar en ze is terminaal. Met een beetje geluk is alles binnenkort voorbij en kun jij rustig verder leven.' Ze wrijft haar vingertoppen over elkaar. 'Doet het je echt helemaal niets?'

'Ik kan niet voelen, dat weet je.'

'Iedereen kan voelen, jij ook. Je zou de blokkade die je jezelf hebt opgelegd eens moeten verwijderen. Ach, laat ook maar, het is verspilde moeite om jou goede raad te geven. Blijf vooral je eigen slachtoffer, je ziet waar het toe leidt. Wil je weten wat er met het manuscript gaat gebeuren? Ik heb de uitgever van Annabel benaderd en uitgelegd dat het niet door haar, maar door mij geschreven was en dat ik haar ermee wilde helpen. Hij heeft het me teruggegeven.'

'Waar is het?'

Ellis kijkt Gustaaf Jelle recht aan. 'Ik heb het vernietigd, samen met de harde schijf uit je computer. Maar ik neem aan dat je ergens een USB-stick hebt met een kopie.' Ze ziet de flikkering in zijn ogen. 'Geen stick? Hoe is het mogelijk. Dit raakt je wel, is het niet? Hier word je wel emotioneel van? Je kunt alleen iets voelen als je wordt bestolen van letters op papier? Van het fictieve deel van je leven?'

'Je hebt me beroofd van iets wat heel dicht bij me stond,' zegt hij.

'Dan is de stand gelijk,' stelt Ellis vast. Ze staat op en moet zich vasthouden aan de tafel. Het lukt haar om rechtop naar de deur te lopen.

'Ik wil proberen om erover te praten.' Zijn stem is nauwelijks te verstaan.

'Herhaal dat eens.'

Gustaaf Jelle herhaalt het.

Ze draait zich om. 'Proberen is niet genoeg,' zegt ze.